キャンディミルク

ひちわゆか

幻冬舎ルチル文庫

CONTENTS ✦目次✦

キャンディミルク

✦カバーデザイン＝久保宏夏（omochi design）
✦ブックデザイン＝まるか工房

イラスト・花小時朔衣✦

キャンディ

「お客さん、こういうトコ、初めて？」

奥からジュースを運んできた青年は、こんな場所にもかかわらず、意外にもＴシャツにジーパンというありふれた出《い》で立《た》ちだった。

店の入口にある狭いスペース。ソファとテーブルが置かれ、黒いカーテンで通路と隔てられている。フライヤーをべたべた貼った壁には隠しドアがあり、そこから二階の個室に直接上がっていけるようになっている。

「ビジターさんだよね。料金の説明はさっきした通りだけど、指名したい人、決まった？」

平日の月半ばで、客足は悪い。連れ込みＯＫの個室も半分以上空いている。

ソファに座っていた背広の若い客は、黙って俯《うつむ》いている。テーブルには、客の相手をするスタッフの写真入りリストが、閉じられたままになっていた。

「ごめんね、今日は皆出払っちゃってて、あと一時間くらいは待つけど、いい？　あ、ここね、デリバリーもやってるんだ。ほらやっぱこういう店だし、他の人に顔見られたくないお客さんもいるでしょ。ハイこれ、うちのメンバーズカード。次は予約してくれれば待ち時間なしで……」

ぺらぺらとまくし立てていた青年は、客が名刺サイズのカードを受け取って顔を上げるなり、急に静かになった。

場所柄、客の顔をじろじろ見てはいけないと日頃から店長に注意されているのを、その織細な、けれども芯《しん》の強さを内側に秘めた顔立ちを目にしてうっかり忘れてしまったのだ。

歳《とし》は二十代半ばから後半。体のラインはほっそりとして、膚《はだ》がとてもきれいだ。顔立ちは特に美貌《びぼう》というわけではないけれど、清潔感があり、どことなく守ってあげたくなるタイプだった。グリーン系のコロンもイメージに合っている。地味なスーツ。きっと職場では真面目《まじめ》で温厚な人物に違いない。こんな店に出入りするような人種にはとても見えない。

でも、このタイプは一回乱れると凄《すご》いんだよな……。客の、潤んだような黒目をチラチラと盗み見る。ただ、なぜか顔色が悪い。

「なんか気分悪そうだけど……大丈夫？　そんなに緊張しなくても取って食わないから。あ、おれは受付だけ。まだ見習いで、プレイはしないから」

「………」

「……あー、ええと……ごめんね、うるさいよね、おれ。よく店長にも怒られるんだ、ぺらぺら喋《しゃべ》るな、気がきかないやつだって。あ、じゃあ奥にいるからなにかあったら……」

「いえ。……こちらこそすみません」

丁寧に謝られてしまうと、一度は腰を上げかけた青年も、奥に引っ込んでいいものかどうか迷った。

「ここはいろんな人が来るけど、お客さんみたいなタイプは珍しいかも。どうしてこんな店に来ようと思ったの？　その——なにする場所か…わかってる？　ここは男同士で……しかも」

　客はこくりと頷《うなず》いた。それから、はい、と小声で付け足す。青年はその様子で、なにかを察したようだ。

「そっか。いるんだね、ちゃんと躾《しつ》けてくれてる人が」

「……はい」

「なのにどうしてこんな店に来たの。命令されたの？」

「……いいえ」

　ここへ来たのは自分の意志だ。だがさっきから、興奮するどころか、嫌悪感による吐き気と、膝《ひざ》のかすかな震えが止まらない。

　だが、それに耐えてでも、確かめたいことがあった。そんなふうに、彼は思い詰めて、死ぬほどの勇気を振り絞って今日ここへ足を運んだのだ。

「なんだか、これからインフルエンザの予防接種をされる子供みたいな顔してる」

「インフル……？」

　おかしな形容にほんの少し、唇で笑う。すると受付の青年も嬉《うれ》しそうに、笑顔を全開にした。

　染めた金髪。右耳に山ほどのピアス。だが童顔で親しみやすい感じだ。

「よかったら暇潰《ひまつぶ》しに話してみない？　なんでうちに来たのか——理由がありそうだけど」

「……理由……？」

「だって、そんな辛《つら》そうな顔してる」

客は消え入りそうに、ふっと笑った。青年の雰囲気が、そしてこの場所では彼も自分の仲間なのだという意識が、少しだけ心を楽にした。

「……そうだね。つまらないことだけど、暇潰しくらいにはなるかな。ぼくがどうしても、ここに来て確かめたかった……理由……」

1

三ヵ月前。

激しい雨が窓を打ち付ける上杉《うえすぎ》デザイン事務所の一室で、あの晩、嘉島匠《かしまたくみ》は震えていた。

「それ、誰に着せられたの？」

訊問《じんもん》する上杉の口調は、ことさらに優しい。

しかしその両手は、一方は匠の右手をきつく握って頭上に持ち上げ、一方は、人差し指で匠の胸の上に、ゆっくりと大きく円を描いている。

匠は、壁に背中をつけて立っていた。身に着けているのはランニングシャツと、裾《すそ》に泥はねがついたスラックス。雨に濡《ぬ》れた上着とワイシャツは、軽く畳んで椅子《いす》の背にかけてある。濡れた靴の足もとにブルーのタオルが落ちていた。

「教えてよ。誰に命令されたの？　そんな恥ずかしいこと」

命令？　誰がこんなことを自分に命令するというんだ。

口の中がカラカラだった。あまりのことに震えながら、形ばかり彼の手首を摑《つか》んでいた匠がわずかに首を左右に振ると、大きな楕円《だえん》を描いていた指は、今度はゆっくりと螺旋《らせん》を描きはじめた。

それが最終的にどこを目指しているのか悟り、匠はハッとして手に力を込めたが、彼との力の差を思い知らされただけだった。

さほどの体格差はないにもかかわらず、普段から重い木材を扱う上杉には、力ではまったくかなわない。でなければ、深夜の、誰もいない事務所で、こんなふうに壁に追い詰められ、好きなようにさせているわけがなかった。

上杉の爪《つめ》が、布地の切り口を、すーっと辿《たど》る。匠は激しく首をよじった。彼の着衣には、胸の左右に二ヵ所、四センチほどの丸い穴があけられ、乳首が露出していた。

「違う？　じゃあそれ、嘉島さんが自分で切ったの？　自分で、鋏《はさみ》でくり抜いたの？　ここだけ？」

黒いチタンフレームの眼鏡の奥から、切れ長の目が、匠を蔑《さげす》んでいる。

「ふーん。そんなおとなしそうな顔して、嘉島さんは、すごい変態だったんだね」

「ちが……」

「この間、うちのアシスタントになんて云《い》ってた？　風俗を否定する気はないけど個人的には好きじゃない？　いまどきずいぶん気取ったことを云う男だと思ってたけど、納得したよ。確かにこんな変態趣味は普通の風俗じゃ満たされないよな」

ちがう。ちがうちがう、ちがう！

そんなんじゃない。ほんの出来心だったのだ。たまたま覗《のぞ》いたインターネットのサイトで、ポルノ小説の主人公が同じような姿を強要されていて――それでつい――

「つい？」

上杉は小馬鹿にしたように、冷ややかに嗤《わら》った。布地の下に手を潜らせる。穴に下から指を通し、くねくねと動かしてみせる。

「あのな。フツーの男は、つい出来心でこんなトコくり抜いて乳首見せたりしねえんだよ」

急に乱暴になった口調が、心臓に刺さる。

白くなるほど唇を嚙《か》み締め、それでも匠は頭を振った。匠が切ったのはシャツじゃない。その下に着ていたランニングだ。

誰にも気づかれるはずはなかったのだ。匠本人でさえ、仕事中は忘れていたのだから。

途中で雨に降られなければ。上杉から服を脱いで乾かしたらと勧められなければ。その上杉が、着替えを貸そうとしてノックもせずにドアを開けたりしなければ――

「ずっと勃起させてたの？」

上杉は卑猥《ひわい》な質問で容赦なく匠を追い詰めていく。

「興奮してたんだろ？　自分で乳首くり抜いた服着て、仕事に来て……とんだ変態だな」

変態。――その侮辱に、なぜか、匠の体はぶるっと震えた。

「どうせならワイシャツに穴あけたらよかったのに。本当はこうやって誰かに見てほしくてウズウズしてたんだろ？　だからおれの前でわざわざ着替えたんじゃないのか」

「ちがうっ……」

「毎晩お気に入りのスケベサイト回って、ひとりでパソコンの前で興奮してるんだろう。あんたの履歴、変態画像でいっぱいなんじゃないのか？　今度見てやろうか」

「あぁっ⁉」

匠は目を見開いた。彼のしたことが信じられなかった。乳首に、小さな輪ゴムがくるくると巻かれて留められたのだ。

上杉は抵抗する匠の手首を捻《ひね》り上げ、右手と一緒に頭の上で纏《まと》めた。具合を確かめるように二本の指でつまみ、くりくりと転がす。

「い、いやだ、やめ……」

「だいじょうぶ。鬱血するほど締めつけてないよ。初めてだとちょっと辛いかもしれないけど」

「やめて、いやだ、先生、やめてください っ」

「嘉島さん、感度がよさそうだから、よけいに苦しいかもね」

やめてくれ、と匠は嗄《か》れた、声にならないような声を喉《のど》から絞り出した。膝がガクガクする。実際には痛みはほとんどなかったが、あまりの羞恥《しゅうち》と屈辱で気が遠くなりかかっていた。

どうして――

信じられない。こんなこと、現実とは思えない。何年も親しくしてきた仕事相手に、それも事務所で、服の下の秘密を暴かれ、理不尽にいたぶられているなんて――

「いいね。カチカチになってきた」

上杉は、力の入れ方を微妙に変えながら、匠が線の細い、整った顔を歪《ゆが》めて、歯をガチガチさせて声を押し殺そうと苦悶《くもん》する様を観賞している。

象牙色《ぞうげいろ》の額に、小さな汗の玉がぷつぷつと浮かび、頬《ほお》がぼうっと上気している。目は表面の濡れたような潤みが増して、まるで膜がかかったようだ。

常にワイシャツはきっちりと第一ボタンまでかけられ、人目に曝《さら》すことを恐れるかのように隠されてきた張りのある膚が、鎖骨の下までうっすらと汗ばみ、ランニングシャツの穴からは輪ゴムで括《くく》られた乳首が、ぷっくりと飛び出している。

「こんなに赤くして……。鏡で見る？　すごくスケベな色だよ」

「や……」

「いやだ？　今更気取るなよ」

股間《こかん》にくぐらせた太腿《ふともも》で、ぐりっと中心を捏《こ》ねる。匠の喉がそり返った。

「ほら。聞こえた？」

「……っ」

「聞こえたかって聞いてるんだよ。輪ゴムで悪戯《いたずら》されただけで、ズボンの中が先走りでニチャニチャになってるのが、自分でも聞こえただろうが」

「ちが……ちがうっ……！」

「嘉島さんは、男にいじめられて感じちゃう、変態なんだよ」

上杉にぐっと体を押しつけられ、肩胛骨《けんこうこつ》がごりっと壁に当たる。

上杉はどちらかといえばスリムだ。だが密着してみると、一見優男に見えた体は驚くほど鍛えられていた。固く頑丈な胸板と、壁の間に挟まれ、一ミリも自由にならない。

——自由にならない——

まるでエレベーターで急上昇した時のように、匠のこめかみは締めつけられ、キンッと耳鳴りがした。

いつの間にか匠は、口で息をしていた。白い前歯の間から、扇情的な濃いピンク色の舌が覗く。レンズの奥から、冷静にそれを観察していた上杉が、声もなく嗤った。

「目が潤んでるよ」

「う……」

「感じちゃう？」

匠は喘《あえ》ぎながら、左右に首を振った。ガクガクと震える膝。今にも床に崩れ落ちそうだ。

どうして。どうしてこんなことに。

雨宿りをしただけだ。濡れたシャツを替えさせてもらおうと思っただけだ。

なのに。

「感じない？　そう。じゃ、感じるまで訓練しような」

痛みとは別種の強烈な刺激が、ぐったりしていた匠を、脳天まで貫いた。

上杉が更にもう片方の乳首も輪ゴムで縛り、その先端を、背中が反るほど引っぱったのだ。

「今夜はこのまま我慢しろ」

くびられた乳首をピンと弾《はじ》いて、また匠を鳴かせる。

「明日になったら取ってやるから、自分で外すなよ。それと、今夜はオナニー禁止。スケベサイト見て興奮しても自分でいじらないこと」

いやだ。こんなの厭《いや》だ。いやだ！

なのに、なぜ、この手を振り払えないのか。

なぜ。どうして。

「どうしてもしたくなったら、電話して。いまからオナニーしますって。射精したら、済みましたって報告すること。どうやっていじったか。どんな場所で、どんな格好でやったのか、何分かかったか。なにをオカズにしたか。逐一だ。でももし、おれの許しもなく輪ゴムを取ったりしたら……」

上杉の手が、雨で湿ったスラックスの上から、やんわりと股間を握った。そしてその固い手応えに気分をよくしたように、目を細めると、顔を近づけて匠の耳のカーブを白い前歯でなぞった。

「お仕置きだよ。匠。……いいな？」

背筋がぶるっと震えた。

どうして。


家具デザイナーの上杉紀章《きしょう》と出逢《であ》ったのは、数年前、軽井沢《かるいざわ》の工房だ。

匠は都内にある中堅の建築会社で、ホテルやレストランなどの内装業をしている。客の求めに応じて家具を揃《そろ》えるのも仕事のひとつだ。軽井沢に若手のアーティストたちが共同でシェアしている小さな工房があると聞いて訪ね、当時まったくの無名だった彼の作品に一目惚《ひとめぼ》れして、鎌倉《かまくら》のカフェに納めるテーブルと椅子をオーダーしたのがつき合いのはじまりだ。

それをきっかけにめきめきと頭角を現した上杉は、家具のみならず内装デザインすべてを手掛けることもある。最近では伊豆《いず》の温泉宿が海外のメディアに取り上げられるなど、今や国内外から注目を浴びる新進気鋭の作家となった。

その上杉とは翌日すぐに顔を合わせることになった
「嘉島さん、今日はいい匂《にお》いがしますね」

前夜の大雨が塵《ちり》を洗い流したような、澄んだ青空が広がる昼下り。

上杉デザイン事務所のミーティングルームでのことだ。大きな丸テーブルの向かい側に座った上杉が、小鼻を膨らませて深く匂いを吸い込む真似をしてみせると、レストランの見取り図を広げていた後輩の倉田《くらた》がくるりと目を回した。

「やだなあ上杉先生。それって軽ーくセクハラですよ」

響くような大声で笑う。この体育会系の後輩は声もガタイも、無駄にでかい。

「いや、ほんとにいい匂いだよ。倉田くん、横にいてわからない？」

「えぇ？　どれどれ…って、またまた。からかわないでくださいよ、先輩は清純派なんすから」

上杉が眼鏡の奥で少し目を見開く。

「清純派？……嘉島さんが？」

「はは、ぼくが勝手に云ってるだけっすけどね。でも、っぽいでしょ？　なんとなく、ケガレを知らない感じというか、守ってあげたくなるっていうか……」

まだ無駄口を続けようとする後輩の靴を、匠は、テーブルの下で軽く蹴飛《けと》ばした。

向かいに座った上杉が少し俯いて、ずり落ちてきた眼鏡のフレームを片手で持ち上げる。手の平で隠れた口もとが嗤っていた。匠は彼を呪《のろ》い、後輩の口には雑巾《ぞうきん》を突っ込みたくなった。

「雑談はこれくらいにして、そろそろ本題に入っても宜《よろ》しいですか」

動揺を押し隠し、表向きはなんでもないような顔を取り繕って切り出したときには、上杉はもういつものすました顔に戻って、耳の裏側なんか掻《か》いている。

「どうぞどうぞ。おれはさっきからそのつもりで待ってるんですけどね。お二人はなんのためにそこに座ってたの？」

血の気《け》の多い倉田が気色ばむ前に、「すみません」と、匠はにっこりとかわす。上杉の、この程度の厭味は挨拶《あいさつ》代わりだ。いちいちつき合っていては進む話も進まない。

だが、顔が赤くなっているのが、上杉にはわかってしまっただろう。彼と向かい合っただけで服の下が火照《ほて》りはじめていたことを、見透かされてしまっただろう。

昨日の今日だ。できることならこの場から逃げてしまいたかった。ここへ来るのも気が重く、いっそ仮病を使おうかどうしようかと悩んでいるうちに約束の時間になってしまい、倉田に追い立てられて車に乗せられてしまったのだ。

仕方ない——とにかく、一刻も早く、打合せを済ませよう。匠は乾いた唇を舐《な》めて、いつものように穏やかに話を切り出した。

「実は先生には大変申しわけないのですが、一月オープンのレストラン、予算の関係で変更していただきたい箇所が出まして」

「また？　どこ」

「ダイニングとウェイティングホールの、壁のこのアール部分がフラットになるそうです。で、アールに嵌《は》め込む予定だったカウチの代わりに、ソファか椅子を新たにお願いしたいと。来月、八日までにデザインをいただきたいのですが、お願いできますか？」

「できませんね」

上杉は組んでいた脚を下ろして、レトロなガラスのキャンディボックスから喉飴《のどあめ》をひとつ取り、口に放り込んだ。来客やスタッフが自由に食べられるように、事務所のあちこちに置かれているものだ。

薄手の黒いセーターに、黒のパンツ。彼は通年、黒を好んで着る。それによってシャープな印象が際立っていた。その手から生み出されるデザインと彼自身はまったくかけ離れている。あの椅子やテーブルの温かみのある優美で繊細な曲線が、この意地悪な男のいったいどこから湧《わ》いてくるのか。

「悪いけど、つき合っていられないね」

上杉はつまらなそうに、口の中で飴を転がした。

「他に抱えてる仕事だってある。だいたい、何度仕切り直しさせれば気がすむの。あのカウチだって何度も変更に変更を重ねてやっと決定したはずだ。そんなにいちゃもんつけたいんなら、オーナーが自分でデザインしろよ」

「そこをなんとかお願いできませんか。納期まであと一ヵ月ありますから」

とにかく腰を低く、と道中さんざん言い含めておいた効果があったのか、倉田が哀れみを誘うような声を出す。

「オーナーさんはどうしても先生にとおっしゃっていてですね……ほら、以前もお話ししたじゃないですか。伊豆の旅館で先生の作品に一目惚れして、自分が店を持つ際にはぜひとも先生にすべてのインテリアをお願いしたいと……」

「だったらもっと待てるんじゃないのか。そうだな、半年」

「無茶ですよ。店がオープンしちゃいますよ」

「あのさ。なんのためにそちらは金を貰《もら》って仲介をやってるんです？　デザイナーと客、双方の無理を折衝するのが仕事でしょう」

「ご尤《もっと》もです、先生……でもどうか今回だけはなんとかお願いできませんか」

「無理なものは無理。弁護士を呼ぶから違約金の相談をしてくれ」

「上杉先生……」

「二ヵ月あれば、やっていただけますか？」

二人が、同時に匠を見た。

「二ヵ月でデザインをいただければ、レストランのオープンに間に合うよう、製作はなんとかします」

上杉は肩を竦《すく》めた。

「こちらの提示は半年ですよ、嘉島さん」

「オープンに間に合わせるにはそこがギリギリのラインです。お願いできませんか」

「できないと云ったら？」

「できるまでお待ちします。半年でも、一年でも」

「ちょ……先輩っ、そんな」

「ただし、レストランには、それまでの間、別の作家の作品が入ることになります。椅子もテーブルもなしでお客様に料理を提供することはできませんから」

上杉から表情が消えた。倉田が固唾《かたず》を呑《の》んで見守っている。

本気か。と、上杉の両目が匠を見据える。

本気ですとも。匠は柔和な微笑で応える。

「上杉先生。無理は重々承知です。デザインの変更を何度もくり返されて、いい加減我慢の限界にきていることもよくわかっています。わたしどもの力でお時間を差し上げられるなら、どんなことでもします。ですが現実に納期が迫っている以上、暫定的にせよ、なんらかの措置を取らざるを得ません。オーナーにはわたしどもからご説明して納得していただきます」

「どうかな。あのオーナーが、おれ以外の作品で納得するとはとても思えないけど？」

「それでも仕方ありません。先生ができないとおっしゃっているんですから、そこを何とかするのがわたしの仕事です」

上杉は腕を組んで黙り込んでいる。

頑固でエゴイスティックな部分もあるが、責任感も人一倍強い職人だ。今回の件も度重なるリテイクや仕様の変更につむじを曲げていただけで、まさか匠がそこまで思いきったことを言い出すとは思ってもみなかったのだろう。匠は勝利を確信し、さっさと図面を畳んだ。さらにダメ押しをする。

「設計の段階から先生と一緒に立ち上げさせていただいて、わたしなりに完成のイメージも膨らませてきました。このレストランを上杉先生の作品でオープンさせることができないのは非常に残念です。それでは本日はこれで失礼します。急ぐぞ、倉田。メーカーに当たって、まあ無理だとは思うけど、先生の作品に代わるようなものを見つけないと」

「えっ、でもそんなの無理……あ、は、はいっ」

横を向いて長い脚を組んだ上杉は、クールな顔で飴を噛み砕いている。しかし三十秒後、部屋から出ていこうとした二人を、彼は渋々と引き止めた。ドアノブにかけた匠の手は、びっしょりと緊張の汗で濡れていた。

「どうなることかと思いましたけど、いやーさすが先輩。あの上杉紀章に結局うんって云わせちゃいましたね」

打合せを終え、エレベーターの扉が閉まり二人きりになると、倉田が声を弾ませた。

「当たり前だろ。うんと云わせに来たんだよ」

そう返しながらも、匠も心底ほっとしていた。これでなんとか納期は守れる。上杉は約束は違《たが》えない男だ。

「しかし、アーチストっつーのはなんであぁ偉そうなんですかねえ。だいたい契約ってものをなんだと思ってるんだか。違約金払えばいいって問題じゃないでしょうよ」

確かにいささか傲慢《ごうまん》ではあるが、彼の人気の高さとデザイン力、腕の確かさにおいては、そこに目をつぶって仕事をするだけの甲斐《かい》がある相手だ。

今日の件も、匠にとっては上杉よりも、毎日のようにくるくると意見を変えるオーナーのほうに怒り心頭なくらいだ。あれだけ振り回されれば降りると言い出す気持ちもよく理解できる。しかし仕事である以上、彼の肩ばかり持ってもいられない。

「あぁいう時に契約なんか持ち出したら、余計にこじれるだけだよ。プライドの高い人だからね。でもまあ、取り扱いさえ間違えなければ、むしろつき合いやすいから」

「取り扱いっすか。先輩、清純派なのに、たまにキツイこと云いますよねえ」

おまえの〈清純派〉のほうが、よっぽどセクハラだ。匠は見えないように溜息《ためいき》をついた。

この顔の造りのせいで、昔から、中身まで柔和で優しいと思われがちだ。確かに好戦的な性格でもないが、かといって清純などといわれる覚えもない。ただ「柔和で真面目」という周囲のイメージや期待に沿った生き方をしたほうが楽だということを、早いうちに身に付けてしまっただけだ。

それに、どこか庇護《ひごよく》欲をそそるらしい自分の容姿は、仕事にも大いに利用できる。匠が頭を下げて落着しなかったクレームは一件もないし、自信家で傲慢な建築家やデザイナー相手には、さっきのような強引な駆け引きも有効だ。

だが、倉田のような、眩《まぶ》しいほど健全な精神の持ち主には、匠の抱える矛盾は思いも及ばないだろう。裏表のない性格。男らしい立派な体軀《たいく》。彼の歩く道には影ひとつできない。

ビルの外に出ると、コートを車内に置いてきたことを後悔するような寒さだった。

会社の車は少し離れた立体駐車場に置いてある。ビルの玄関前にあるスペースは従業員専用だ。上杉の愛車、深緑色のレンジローバーも停めてあった。

伊豆の温泉宿の仕事では、彼の運転で何度となく現地まで下見をくり返したものだ。道中、互いの子供の頃や彼の故郷のこと、学生時代、将来の展望について語り合いながら缶コーヒーを飲むのが、匠は密《ひそ》かな楽しみだった。

だがもう、彼との仕事はこれで最後にしたい。

どうにかごまかし切ったものの、ミーティングの間中、動悸《どうき》がし、手が震えそうだった。

昨夜は一睡もできず、いっそ仕事を辞めて田舎に帰ろうかとまで思い詰めた。上杉が恐ろしかった。もしも昨日のことを誰かにバラされたら——いや、大丈夫だ、写真を撮られているわけじゃない。それに、上杉のやったことだって相当だ。

「……あ。ほんとだ」

と、倉田が急に首筋に鼻を近づけてきた。なにが、と顔をしかめてよける。

「ほんとにいい匂いしますよ、先輩。シャンプーかな？」

「知らないよ。よせよ、まったく……犬みたいだな」

「嘉島さん」

上杉の声がした。二人は同時に振り返り、ビルを見上げる。陽差しが目に入る。三階の窓から顔を出した上杉が、軽く手を挙げた。

「ちょっと来てもらえる？　渡したいものがあるんだ」


もしもあの時断っていたら、三ヵ月後、こんな店で、知らない青年に打ち明け話などしてはいなかった。だが実際に、匠は、ビルを上がってしまったのだ。

上杉から手渡されたのは、プリントアウトされた一枚の画像だった。

おそらくインターネットサイトからダウンロードしたものだろう。全裸の青年が、両脚を広げて椅子に縛られていた。両腕は背中に回されている。顔と股間には薄いモザイクがかけられていたが、興奮していることは一目でわかる。

そして、その胸——乳首には、ニップルクリップがつけられていた。

「輪ゴム、取ってあげる約束だったね」

はっと我に返った時、匠は上杉に背中から抱き締められていた。ワイシャツの上から胸をまさぐってくる。

「なんだ。今日はあの下着は着てないのか。残念」

「や……やめてくださいっ」

「なぜ？　つらいだろ、あんなところを輪ゴムで括ってたら。それとも、気に入って、もう外したくない？」

「あんなもの！　とっくに外したっ」

必死で体をよじって、見かけによらず力の強い上杉を振りほどこうとした。

「外した？　自分で？」

「当たり前だ！　あっ……」

両手首を摑まれたまま、テーブルの上にうつ伏せにされた。縛られた男の画像に頰が押しつけられ、思わず目をつぶる。

上杉はそのわずかな間に素早く目的を遂げていた。匠の鼻先に、コトリとそれを置く。

セロテープ。背中に回された親指が、左右重ねられてテープで留められてしまっていた。

「昨夜は、三つ命令をしたよね？」

長い指と手の平で、うなじを真上からテーブルに押さえつけられる。身動きが取れない。

「輪ゴムを取らないこと。オナニーはおれの許可を取ること。オナニーしたら報告すること」

「……………」

「命令したな？」

「あっ！」

顔を背け、唇を噛み締めている匠の太腿を、手の平でピシャリと叩く。痛みより、屈辱感に匠は呻《うめ》いた。

「ひとつ教えておく。質問には口で答えること」

「…う……」

「返事は」

ピシャリ、と今度は尻《しり》を打たれた。

「大声を出すと人が来るぞ。倉田くんを呼び戻そうか？　それとも見られたいのか？　スーツの下にあんな下着着てるような変態だからな、匠は」

上杉はひとつ年下だ。匠、と呼び捨てにされると、屈辱感がいっそう強まる。

「さっきも倉田くんとずいぶん仲が良かったね。髪の匂いなんか嗅《か》がせて」

ピシャッとまた太腿を打たれる。

「オナニーは？　我慢できた？　電話待ってたのに、してこなかったね」

しない。そんなことしない。ネットの履歴も、ブックマークも、なにもかも処分した。あのランニングも破いてゴミに出した。なにもしなかった。なにも。なにも。

上杉は匠の腰のベルトを摑むと、ぐいっと後ろに引っぱり、今度は椅子に座らせた。そして、肩をよじる匠のワイシャツのボタンの隙間《すきま》から冷たい指を滑り込ませた。

匠は椅子が倒れそうになるほど暴れた。だが、男の指が目的のものを探し当て、眼鏡の奥に満足そうな微笑が広がるのを見た瞬間、四肢は力を失った。

「……うそつき」

「う……」

「後でお仕置きだな」

二本の指でぐりぐりと乳首を捏ね回す。匠は鳴き声を上げかけ、唇を噛んだ。そこは、昨夜から輪ゴムで括られたまま、充血し、果物のように赤くしこっていた。

「かわいそうに……。見てごらん。こんなものをずっと嵌めておくから、腫《は》れちゃってる」

ボタンが外される。色白の胸が彼の前に曝された。

「まさか仕事中、輪ゴムなんかで乳首を括ってるなんてね。変態マゾだな。匠は」

「ちがう！」

「だったらどうしてわざわざ、こんな格好をしてきたんだ？」

輪ゴムで留めたままの乳首を捻り上げる。まるで、剝《む》き出しの快感神経の束を嬲《なぶ》られているかのようだ。

「いじめられたかったからだろ？」

「ちがうっ……」

「匠は、男にいじめられて感じちゃう……マゾなんだよ」

ちがう。

「この写真みたいに縛られてみたいんじゃないのか？」

ちがう——ちがう！

「……おい」

顎《あご》をぐいっと捩《よじ》られる。

「おれは気が短いほうじゃないし、強情なのも嫌いじゃないけどな。あんまり度が過ぎるのは、かわいげがないぜ」

匠は気力を振り絞って、彼をにらみつけた。潤んだ目をしてたよ、と後で上杉にからかわれた。あんな目をしたらにらんだことにならないよ、と。

だが匠は必死だったのだ。ずっと隠してきた性癖。誰にも知られたくなかった、屈折した欲望。恥部。死にたいほどの屈辱。

なのに、一度でいい、誰かに、拘束され、辱められたい。命令され、恥ずかしい言葉で嬲られたい。だけど、そんな欲望があることは誰にも絶対に知られたくない。――ぐちゃぐちゃの、矛盾。なけなしのプライドだけが、その時、匠の支えだった。

「かわいげなんかなくて結構だ。早くほどけ、ほどけよ、この……変態！」

「……変態ね。おれが変態なら、匠のことは、マゾっていうんじゃないの？」

冷たい指を胸に添わせる。ビクッとする匠を見て、上杉はかすかに笑った。

「とってあげるだけだよ。約束だから」

「………」

「そうか。そこまで言い張るんなら、嘉島さんはマゾでも変態でもないね。すみません、勘違いして」

ゴムを爪で摘《つま》む。匠は声を立てるまいと唇を噛み縛り、肩をよじった。

「ずっとつけてて、どんな感じだった？」

「っ……」

「痛くはなかったよね？　食い込むほどじゃない。……けど、時間が経《た》つにつれ、じわじわと、締めつけられる感じがしてくる」

匠は頭を振った。

「やめろ……」

「むずむずするような、じくじくと痒《かゆ》いような。いったん意識しはじめると、もうここを縛られていることしか考えられない」

「や……！」

「教えてやろうか」

爪にひっかけたゴムを、下にピンと伸ばす。

「その感覚を、疼《うず》く、っていうんだ」

「うんんんっ」

ゴムが捩り取られる。長時間括られていた部分は、突然血流を戻され、膨れ上がったような錯覚がした。

たったそれだけで、匠はハアハアと息を乱してしまっていた。信じられないような体の変化を隠そうと、必死に太腿を閉じ合わせる。

だが、それは解放ではなかった。ヒヤッとした金属の感触に、はっと目を開けた匠は、叫びそうになった。右側の乳首に輪ゴムがまた括り付けられ、更にそのゴムには、五十円硬貨が一枚、穴に通されてぶら下げられていたのだ。

「しっ」

と、声を上げかけた匠の口を、手の平で塞《ふさ》ぐ。

そして、ゆらゆらと胸で揺れる重りを、指でピンと弾いた。口を押さえられていなかったら、鳴き声で誰か飛んできたに違いない。電流のような感覚が、爪先《つまさき》から脳髄まで匠を貫いていた。

認めたくはないが、それは、快感だった。初めて味わう種類の、凄《すさ》まじい快感と、恥辱だった。

仕事先で、スーツのまま、縛られ、自由を奪われ、年下の男に辱められている。乳首にこんなものをぶら下げられて、悶《もだ》えている。

匠は縛られた体を突っ張らせた。口を塞がれてわめくこともできない。快感と、痛みと、恥辱と、屈辱と、ありとあらゆる感覚が出口を失い、体の中でぐちゃぐちゃに渦巻いている。

「変態じゃないなら、こんなことされても感じないよな？」

「うっ……う、ううっ」

「勃起したり、先走りで下着を汚したりしないな？」

上杉は匠の上着からボールペンを取り上げると、スラックスの上から、股間を輪郭に沿ってつーっと撫《な》でた。ほら、こんなに大きくなってるよ、と目で話しかけてくる。

たまらずに顔を背けた。チ…と金属の小さな音。ボールペンの先端を使ってジッパーが下ろされていく。体をくねらせて阻止しようとすると、胸の重りが揺れ、快感がかえって匠を苦しめた。

「む……ん、んうっ……」

今度はボールペンの尻で、下着の上からゆっくりと匠を刺激していく。

撫でる。擦《こす》る。つつく。……輪を描く。

「……ん……ん……」

口の中に溜《た》まった唾液《だえき》をごくりと飲み下した。額が汗ばんでくる。ぼうっと目を開けると、そこに上杉の、うっすらと上気した、整った顔があった。

手が離されたので、たぶんキスされるのだと思った。なぜか、匠には、彼がそうしてほしそうに見えたのだ。

だが上杉がキスしたのは、重りをつけられた匠の胸だった。熱い口の中に迎え入れられ、柔らかく吸われ、歯で扱《しご》かれる。また、初めての快感だ。勃起した性器から先走りの液体が滲《にじ》み出すのがわかる。まるで射精したように大量に。

感じすぎて、唇を嚙むこともできず、啜《すす》り泣いた。涎《よだれ》が顎に垂れる。これまで射精だけが快感だと思っていた。

なのに——なのに。まるで体が違うものに作り替えられていくみたいだ。

「っう……！」

下着がずり下ろされた。性器が露出する。薄いヘアまで粘ついて、光っている。

「ピンク色なんだな」

舌を嚙み切ってしまいたかった。だが、血液が沸騰しそうなほどの羞恥や屈辱とは裏腹に、体は、もっと強い刺激を求めていた。上杉から与えられる新しい快感への期待に、酔っていたのだ。

しかし上杉は、苦しそうに涙を流している匠自身にはそれ以上触れず、輪ゴムとポケットの小銭でもうひとつアクセサリーを作ると、左胸にきつく括りつけた。

そしてその重みに慣れる暇も与えず、匠を椅子から引きずり下ろして、床に這《は》わせた。

両方の親指はまだ背中でくっついたままなので、横を向いた顎と、膝だけで体重を支えなければならない。萎《な》えた足で立ち上がろうとした匠の下肢を、声も出ないような衝撃が襲った。

「お仕置きがまだだったからな」

傍らに片膝をついた上杉が、うずくまって痛みに震えている匠を小突いて、もう一度元のポーズを取らせた。片手にあるのは、ベルト。尻を打たれたのだ。

「子供の頃、お尻を叩かれたことは？」

ビリビリする皮膚を、布地の上から撫で回してくる。その刺激で、ツ…と先走りが滴る。

重りで引っぱられ、胸がジンジン疼く。

「い……いやだ……もう、やめて……」

「二十回。姿勢が崩れたら、最初からやり直す。でも嘉島さんが最後まで耐えられたら、マゾじゃないと認めるよ」

「う……」

「いいな?」

頷いていた。これに耐えたら終わる……。

上杉が右手を振り上げる。パシン、と軽い衝撃がきた。数を数えろと命令される。

一回。上杉の右手が上がる。二回。三回——今度のは強かった。体が揺れ、胸の重りがぶらぶらと動く。二重の責め苦に、匠は歯を食いしばった。たらりと先走りが滴る。

四回——五回——上杉は、時々間を取りながら責める。十回を越えると、痛みより、熱い、と感じるようになった。感覚が麻痺《まひ》するのか、打たれた後に、じーん…と皮膚の上に痺《しび》れだけが残るのだ。

上杉が時々手を休めるのは、匠に、じっくりとその感覚を味わわせるためだった。痛みだけではない、なにか。屈辱の裏側に潜む、官能を。

何回打たれたか、もう、わからない。匠は悶えながらすすり泣いていた。姿勢が崩れると、上杉が体の下に手を入れ、股間を摑んでぐいっと腰を上げさせる。匠は彼の手に擦り付けようと、夢中で腰をくねらせた。

「どうした。まさか、こんなことでイッたりしないよな?」

パシン、と今度は素手で打たれる。

振動が、はしたなく涎をたらす性器に、輪ゴムでくびり出された胸に、火花のように散る。

「あ…っ……い…いくッ……」

「だめだ。マゾじゃないなら、こんなことでいくはずがないだろ」

そう云いながら、袋をやわやわと揉《も》みしだく。頂上に達しそうになると、わざと逸《そ》らし、もどかしさにくねる尻の狭間《はざま》を、布地の上から執拗《しつよう》に撫でさする。後々そこが性器になることを、思い知らせるように。

「こんなことで悦《よろこ》ぶのはマゾだけだよ」

「……あ…ああ……」

「嘉島さんは変態じゃないだろ?」

「じゃ、な、い……ああっ!」

「こんなに濡れて、固くなってるけど、感じたわけじゃないよな? こんなことされて勃起するのは変態だよな」

「う、ぅっ……ん、あぁぁぁっ」

「——もうこんな時間か」

わざとらしく腕時計を見る。

「終わりにしようか。嘉島さんもそろそろ会社に戻らないとまずいんじゃない? おれも次の打合せがあるしな」

そうやって自分を追い詰めるつもりだ、とわかってはいても、匠は引き返せないところまできていた。

さてと、と上杉が腰を上げた。

「いや……！」

「いや、って？　なにが？」

「……マ……マゾです」

立ち上がりかけた上杉は、匠の消え入るような呟《つぶや》きを、せせら笑った。

「違うだろ？　嘉島さんはマゾです。変態です。だから、もう、許して」

「……マゾ……です。嘉島さんはマゾじゃないよ。自分でそう云ったじゃない」

いかせて。おかしくなる。頭が変になる。

「認めるんだな？」

「……は、い……」

「だったら、許してじゃないだろ。匠にふさわしいお願いの仕方を考えてみろよ」

考えることなんてできない。もうなにも考えられない。

「……ください」

「聞こえないよ」

「お願い、お願いです」

体中が火にくるまれたようだった。匠は、自分が軽い絶頂を迎えるのを感じながら、わななく唇でもう一度、声を絞り出した。

「いじめてくださいっ……」


「……オナニーはしなかったみたいだな。ずいぶん濃いのが出てる」

床に撒《ま》き散らした精液を、上杉がティッシュで拭《ぬぐ》っている。乱れた服のまま、匠は鳴きつかれて、ぼうっとそれを見ていた。打たれた尻がじんじん痺れている。外された輪ゴムが、床に落ちていた。

……とうとう、認めてしまった。

あれほど隠してきた性癖を、自分でも正視をためらっていたことを……引き摺《ず》り出され、暴かれ、自分の口で、告白させられた……。

なぜか涙が零《こぼ》れそうになった。感じているのは悲しみではないのに。

腑《ふ》抜《ぬ》けたように座り込んでいる匠が少しは心配になったのか、上杉がそばに来ると、後ろからくるむように抱き締めた。体が楽なように胸にもたれさせる。

「……辛かった?」

こくりと頷く。火照った顔を冷たい手の平が撫でるのが気持ちいい。

「匠。返事は?」

匠はぴくりとした。

「……は、い……」

上杉の眼鏡の奥がふっと笑った。

「よく我慢したね。いい子の匠には、ご褒美をあげるよ」

ご褒美……？

「そう。いけないことをしたらお仕置き。いい子にはご褒美。なにがいい？」

そんなものいらない、腕が痛い、と呟くと、親指のテープを切ってくれた。

数十分ぶりに両腕が元の位置に戻る。腕の付け根が痺れ、だるい。ぐったりしていると、上杉が両手でさすってくれ、服の乱れを直してくれた。さっきの残酷さが嘘のようだ。匠はぼうっとして、いつの間にか、彼に体を預けていた。

「痛かった？　よく我慢したね……いい子だ」

こめかみに軽くキスされる。不思議に嫌悪感はなかった。これだけ辱められながら、上杉に優しくされるのが、心地好かった。彼に甘えたかった。ずっとこうして抱き締めていてほしかった。

「でもちゃんと調教をはじめたら、一晩中でもあの格好で我慢させるよ」

髪を撫でながら、上杉が云った。

「……調教……？」

「そう。この乳首も、性器も、すべて、おれに管理されるんだ。体だけじゃない。性欲も、体調も、排泄《はいせつ》も、すべてだ。その代わり、匠の肉体、社会的地位は一切傷つけない。生命や財産にも手を出さない。おれはただ、匠を悦ばせてあげるだけ。ここにつけてたゴムみたいに、いつも匠の意識のどこかを締めつけるだけ。近くにおれの姿が見えていなくても、匠は、常におれに束縛され、支配されているのを感じながら、毎日を過ごすんだ」

ぞくっ……と、走ったのは、甘い戦慄《せんりつ》。

束縛され、支配される。

この男に、精神《こころ》まで——縛られる……。

「い……」

匠は、深く喘ぎ、その甘美な、目眩《めまい》がするような誘惑を頭から追いやった。

「……いや……だ……」

「そう？　でも匠はそうされたいはずだよ」

違う。絶対に違う。

射精の欲求に勝てずについ口走ってしまっただけだ。あんなの、脅迫と同じだ。あんなふうに追い詰められれば、誰だって——

「顔に似合わず強情なんだな。嘉島さんは」

上杉は苦笑した。指で匠の頤《おとがい》を支え、ちょんと鼻先にキスする。驚いて、あっ…と唇を開

くと、そこに唇を重ねてきた。苺《いちご》ミルクの甘酸っぱい味が広がった。

あれほど残酷な一面をもった男とは思えないほど、上杉のキスは優しく、とろけるほど丁寧だった。

これまでの数えるほどの経験の中でも、誰にもこんなキスをされたことはなかった。唇が離れていく時、舌を追いかけてしまいそうになったことが、上杉にはわかってしまったに違いない。

「……気をつけたほうがいい。おれは強情な人ほど、もっといじめたくなる男だよ」

舌の上に、上杉が口に入れていたキャンディの小さな欠片《かけら》があった。匠は瞼《まぶた》を閉じた。奥歯の間で、甘い欠片がキシッ…と砕けた。

2

タクシーを降り、マフラーに鼻まで埋《うず》めるようにして、足をもつらせそうになりながら、緩い坂道を上る。繁華街から一本道をそれると、辺りは急に薄暗い。

ネズミのように、匠は、臆病《おくびょう》になっていた。

道端に出されたゴミ袋が風でカサカサと立てる音にも、いちいちビクッとしてしまう。すれ違う人間すべてにジロジロと見られているような気がする。

匠は右手でぎゅっとコートの襟《えり》をかき合わせた。真冬の、切れるような夜風が、髪をさらさらと撫でていく。

普段は慎重な上杉が、外で待ち合わせをした目的はわかっている。ひとつは、匠が彼の命令に従順であるか、試すため。そして人目のある場所で匠を嬲るためだ。

前屈《まえかが》みになると、素肌とコートの間で、チャリン…と金属音が鳴る。痛みとも痒みともつかぬ刺激が、皮膚の下をビリビリと這い回る。

しゃがみ込んでしまいたい。だがもし、胸の細工がコートの中を滑り落ちたら。もし、親切な通行人が心配して近づいてきて、コートの中の秘密を知られたら。

「……っ…」

匠は下唇を噛み締め、また一歩、よろめきそうになる足を前に出した。早く行かなければ。待たせたら、またお仕置きの口実を作ってしまう。先々週のことだ、二回続けて遅刻したせいで、一晩中全裸でバスルームに繋《つな》がれ、ローターを性器に括られたまま放置されたのは。もう二度とあんな思いはしたくない。

だが、どうしても厭なら、行かなければいいのだ。このままUターンして、もう一度タクシーに乗り、自宅の住所を告げればいい。それですべて終わる。脅迫されているのでもなければ、金銭の貸借もない。よしんば匠の側からこの関係を終わらせたとしても、上杉は、仕事にそれを持ち込んだりする男ではない。

無視しようとしているのだ。いつもいつも。携帯電話に入るメールを何度消去し、仕事中に手渡されるメモを何度破いたか。今日だって……いや、いまこのときだって、引き返したい気持ちでいっぱいなのだ。

——なのに。

匠の前で、古ぼけた自動ドアが、ガーと音を立てて開く。

寂れたビルに挟まれた小さな店。喫茶フルールは、新進のインテリアデザイナーが好んで出入りするとは到底思えないような、ごくありふれた喫茶店だった。

有線のJポップスが流れる、コの字型の、縦に細長いスペース。入口に大きな観葉植物があり、黄ばんだビニールクロスがかかったテーブル席が壁に沿って五つ。ウェイターの案内を断って奥に進むと、上杉は、一番入口から遠い席に座っていた。

匠の姿を認め、右横の椅子の背にかけてあったコートをどかす。彼も着いたばかりらしく、テーブルにはメニューとお冷やしかのっていなかった。匠はいくらかホッとした。

けれども、これから朝までの長い時間、どんなきっかけで彼の機嫌を損ねるか、一秒たりとも気を抜くことはできない。そしてたとえ奇跡的に匠が失態を犯さなかったとしても、上杉がプレイの手を緩めることがありえないのは、この三ヵ月、体で思い知らされていた。

それを承知で、匠はここに座ったのだ。

「コーヒーでいい？」

「……はい」

周りに客はいない。汗ばむほど暖房がきいていて、注文を取りにきたウェイターは、匠がコートを脱がないのを不審に思ったに違いない。

「コート脱がないの？」

意地悪く上杉が尋ねる。匠は体を縮めて、襟をかき合わせた。上杉が命じる。

「首を出して」

……ここで？

「でも……」

「平気だよ。ここは死角だから」

「せめてコーヒーが来てから」

カツン、と上杉の指の節がテーブルを叩く。

「いつ口答えを許した？」

「……」

「おれはお願いしたんじゃない。命令したんだ」

――ああ。

じわりと体温が上がった。

命令。その言葉だけで、頭の芯がくらくらしてくる。

グレーのマフラーがほどける。匠が指でタートルネックのセーターをそっと下にずらすと、上杉は上着のポケットから、赤い革の首輪を出した。顔がストーブで炙《あぶ》られたように火照った。

早く。誰も来ないうちに早く、と焦る匠をよそに、上杉は勿体《もったい》をつけて、ごくゆっくりとした動作で匠に頭を下げさせ、首輪を通した。

しっとりとした革の重み。上杉の手で金具が留められると、股間にキュンと疼きが走ってしまう。

「やっぱり赤にして正解だったな。よく似合ってるよ」

レンズ越しに熱っぽい視線が注がれる。彼の所有物であるという証《あかし》――赤い首輪を嵌めた喉に。

あまりの恥ずかしさに目を伏せかけた匠は、テーブルの下で靴を軽く蹴られ、ハッと顔を上げた。

「褒めてもらったら、なんて返事をするんだっけ？」

「……あ、……あり…がとうございます」

「何度教えたら身に付くんだ。まったく。覚えが悪いな」

上杉の口調が変わった。体を強張《こわば》らせる匠に、冷酷に命じた。

「コートのボタンを外して」

「………」

「ぐずぐずしてるとウェイターがコーヒーを持ってくるぞ」

匠は観念し、啜るように息を吸い込んだ。躊躇《ちゅうちょ》する時間が長くなればなるほど、その代償は後で自分に跳ね返ってくるのだ。

だが、命令を無視するのは自由だ。匠はいつでもこの足で立ち上がり、店を出ていくことができる。だから今、匠は、自らの意志で、自らをこの椅子に拘束していることになる。無理やり縛りつけられるより、そのほうが何倍も屈辱感は強い。

上杉は、それをたっぷりと味わわせることで、匠から、より深い屈辱と官能を引き摺り出そうとしているのだ。

ごくりと生唾《なまつば》を飲み込む。指をボタンにかける。

小刻みな震えは、期待と興奮のせいだ。

ひとつ目が外れる。心臓が痛いほど激しく打っている。

ボタンは三つしかない。どんなに時間をかけようとしても、最後のひとつが外れるまで、二分とかからない。

「……襟を広げて」

「………」

「もっと」

「…ぁ……」

匠は耐えられず目を閉じた。ここはいつもの部屋の中じゃない。いつ、誰に、見られてしまうかわからない。もし見られたら。首輪をつけて、胸に恥ずかしい細工をされている姿を、誰かに知られたら。

「目を開けて、顔を見せろ」

「……っ」

「匠はわかりやすいな。感じると、すぐに恥ずかしいくらい目が潤んでくるね」

思わず伏せそうになる瞼を必死に上げて、言葉嬲りに耐える。乳首がぴくぴくと喘ぐような錯覚。男は視線で匠の体を犯しながら、お冷やのコップに二本の指を入れ、氷のかけらをつまみ出した。

「……つッ……！」

悲鳴を上げそうになった。布地を切り取って露出させた濃いピンク色の突起に、氷を押し付けられたのだ。

「コーヒーお待たせしました」

匠は急いでコートをかき合わせた。前屈みになった弾みに、セーターの中から、足もとにチャリンとなにかが滑り落ちた。

ウェイターは腰を屈めて、二枚重ねて輪ゴムで括られた五十円玉を拾い上げ、不思議そうな顔でテーブルにのせていった。

氷をコップに戻し、上杉は、はあはあと大きく喘いでほとんどテーブルに突っ伏すように前屈みになっている匠の、汗ばんで、薄紅色に染まっている首筋を見つめた。

肩が大きく上下している。下半身につけさせられた貞操帯のせいで、勃起も射精もできない。それは匠の性生活をコントロールするだけでなく、射精以外の官能を教え込むための器具でもあった。

促され、匠が顔を上げる。うっすら上気した頬。潤んだ目から雫《しずく》が零れ落ちそうだ。

だが、これだけ辱められながら、まだギリギリのところでプライドと強い羞恥心を保ち続けている。それが男のサディスティックな性癖をたまらなく揺さぶるのだ。

「感じちゃった?」

言葉を、息を詰まらせる匠に、上杉は楽しげに目を細めた。

「また返事の仕方を忘れたのか?」

コツンと椅子の脚を蹴り、その振動で匠を呻かせた。

「今日はお仕置きすることがたっぷりあるな。……期待してろよ」


肉体も、社会的地位も傷つけない。——宣言通り、上杉の〈調教〉は、その二点において、最大の注意が払われていた。

オフィスで手を出されたのはあの時限りだし、喫茶店でのような、人目につく屋外でのプレイも稀《まれ》だ。二人が逢うのは週末、彼のアトリエ兼自宅と決まっていた。

首輪は〈調教〉のはじめに着け、終わると外してもらう。鍵のスペアは、万が一に備え、匠も持たされていた。鍵を紛失したり、プレイ中に不慮の事故などがあったとき、自分で外せるようにだ。

平日の呼び出しに応じられない場合も、無理強いはされない。ただ、そんな時は、必ず〈命令〉のオプションがついてきた。たとえば、接待中、乳首にクリップを装着し感想をメールで報告すること――だとか、一週間自慰を禁止されるとかである。

十代のやりたい盛りでもないし、一週間くらい触らなくてもどうってことはない。――ただ、禁止、となると別だった。いけない、と思うと、かえって意識してしまう。

オナニーをするのは自由だ。ただし、する時は必ず上杉の許可を得、詳細を報告することが義務づけられていた。これからオナニーします、と電話をかけることの――特に留守番電話に吹き込む時の、凄まじい恥辱。すみました、と報告する時の、震えるほどの惨めさ。

だが、電話の向こうで、上杉が自分のはしたない姿を想像していると思うと、匠は興奮してしまう。そして事後、上杉に言葉で責められ、興奮したことを告白させられることで、また痛いほど張り詰めてしまうのだ。

少しでも命令に逆らったり、約束を破れば、お仕置きが待っている。

多いのが、スパンキング。尻や内腿を子供のように叩かれる。上杉は素手か、パドルという卓球のラケットに似た道具を使った。何度も打擲《ちょうちゃく》されると翌日は椅子に座るのも苦痛なくらいの痣《あざ》になる。本格的な鞭《むち》の味はまだ知らない。匠の体に負担が大きく、上杉が興奮した時に、加減がきかなくなるからだという。

お仕置きで最もつらいのが、放置だ。首輪だけにされてベランダに繋がれたり、腸内に薬液を流し込まれ、栓《せん》をされて、椅子に縛りつけられたこともある。泣き喚《わめ》く声も出なくなり、爪が真っ白になるほど我慢させられ、やっとトイレに連れていってもらえた。

アナル開発がはじまってからは、事前に自分で洗浄するよう命令されている。

だが上杉は、性器の挿入——つまり匠とアナルセックスはしない、と宣言していた。

「そっちは恋人とやったらいいよ。おれがアナルをいじめるのはね、そこが人間の一番弱い部分だからだ。匠みたいに羞恥心の強い、プライドの高い人には、本来使わない部分で感じさせられるのは、かなりきつい。でもそんな人が、おれだけに、弱くて、死ぬほどみっともない姿を曝してくれる……それがたまらなくかわいいんだ。いい子だね、おれのためによく我慢したね、って抱き締めてやりたくなるんだよ。……わかる?」

そう訊《き》かれても、返事のしようがない。

匠には自分の気持ちさえわからない。体と心がバラバラに切り離されている。アブノーマルな性癖に対する否定。そのくせ、火に向かって飛び込む蛾《が》のように、上杉の呼び出しに従ってしまう。明日になれば、またどっぷりと嫌悪感に浸るに決まっているのに……体は心を裏切り、彼を求めてしまうのだ。

上杉は、匠のそんな揺れる気持ちを見透かしているようだった。

焦りも、せかしもしない。

だがそれだけに、じりじりと追い詰められていく獲物の気分が、匠をたまらなくさせる。

力ずくで無理やり凌辱《りょうじょく》されるほうがよっぽど楽かもしれない。少なくとも、自分の意志ではないと言い訳ができる。上杉は、おそらくそこも見透かしているのだろう。

調教が厳しかった時ほど、その後は、優しい。たくさん我慢をした分、たくさん甘やかしてくれる。

長い両腕で、いい子だね、とぎゅっと抱き締めてもらうと、お仕置きの辛さも、痺れるような体の痛みもふっと軽くなってしまう。また抱き締めてもらえる……と思うと、辛くても、少しだけ長く耐えることができる。

……飴と鞭だ。

ちゃぷん…と、お湯が揺れて、飛沫《しぶき》が顔に跳ねた。

いい気分でゆったりと目を開けると、ふわふわと躍る湯気の幕の向こうに、天窓から青空が見える。一緒に湯船に浸《つ》かった上杉が、匠が居眠りして湯に潜ってしまわないよう、背中から抱き抱えるようにして支えてくれていた。

上杉の家は、古い平屋である。

床が抜けて大家も見放していたボロ家を、こつこつ直して住んでいる。資材や、配線などの専門的な部分は匠が業者を紹介し、かなり安くあげた。

このバスルームはその際増築した部分で、採光をたっぷり取っているので、朝風呂がたまらなく気持ちいい。バスタブも二人で入れる大きさで、自分の賃貸マンションのユニットバスを使うのが嫌になる。

陽焼けが褪《さ》めかけた腕が、入浴剤で白く濁った湯をかき混ぜ、湯冷めしないように匠の膝や、腕にかけてくれる。薄い胸には、縛られた跡がまだ赤く残っていた。

とろとろと居眠りしそうになりながら、首を曲げて、男の顔を見る。

眼鏡のない顔が新鮮だ。髪が濡れて、額を上げているので、別人のように見える。まつ毛が長い。シャープな顎に髭《ひげ》が少し伸びてきていた。なんとなく、そのザラザラを指で撫でてみたくなって指を上げかけたが、結局、また湯の中に戻した。

……おかしな気分だ。

少し前の自分なら、男と体をくっつけ合って入浴することなど考えられなかった。

自分が同性に性的な関心を持っていることは、学生時代から薄々気づいていた。女性とつき合ったこともあるがセックスは苦痛で、それが原因で大抵はだめになる。

だが自分が同性愛者だということはとても受け容れられることではなかったし、その上、マゾヒストというまともでない性癖を自覚してからは、必要以上に避け続けてきた。ゲイからも、映画にちらっと出てくるＳＭシーンからも目を背けた。

だが、抑圧されたものは、必ず同じ強さで反発する。あの日上杉に見つかってしまったイタズラは、本当は小説のヒロインではなく、あるゲイサイトの掲示板にあった告白記事だった。ずっと避けていた世界に、結局は自ら、足を踏み入れてしまった……。

上杉は、どうやって自分自身と折り合いをつけることができたのだろう。

ゲイであること。その上、サディスティックに相手を責めることでしか興奮できないという、ねじくれた性癖。戸惑い、煩悶することはなかったのだろうか。恋人とまともなセックスができるのだろうか。……いや、好きな人にあんなことはできないから、匠のようなSMパートナーが必要なのか。

上杉にとって、匠はセックスの対象ではない。手や口で奉仕させて射精することはあっても、彼自身は奉仕しない――つまりわざわざパートナーに性器を突っ込んで、悦ばせてやるようなサービスはしない。

アナル開発がはじまったときは、初めは無理やり犯されるものだと思い込んでいたが、匠のことも手指や舌、器具を使って辱めるだけだ。

そしてその後は……とても優しい。

匠にさえこれだけまめまめしく世話を焼くのだから、恋人にはただただ優しく、甘やかすに違いない。きっとベッドでは壊れ物を扱うように……。

つまらない想像を、匠は中断した。ベッドで彼と絡み合う人間の顔が、いつの間にか自分になっていたからだ。

「……レストランからオープニングパーティの招待状が来てたな」

上杉がふと思いついたように口を開いた。

「あれ、明日の昼だっけ…。そっちは？　顔を出すの？」

「ええ。先生のソファが見たいですから」

ウェイティングホールのソファ。上杉は期日より早くデザインを変更してくれていたのだが、イタリアから取り寄せたクロスの到着が遅れ、納品は昨日にずれ込んでいた。

大阪《おおさか》の工房からの画像で仕上がりは目にしているが、別件で納品に立ち会えなかったので、実際にホールに入ったところを見るのを楽しみにしている。

「ダイニングもいい仕上がりですよ。イメージ通りだって、オーナーさんも喜んでました。先生のおかげです」

「しばらくは内装の仕事はごめんだね」

「ぼくは楽しいですよ。先生との仕事は。先生の作品に惚れて……いえ、恋をしてますから」

上杉は鼻を鳴らした。照れた時の癖だ。

先に湯から上がった上杉が、柔らかい麻のタオルを広げ、匠をくるみ、擦らずに、膚の水気を吸い取る。その手つきは、なにか、傷つきやすい素材を扱う時にも似ていた。

髪、首、腋《わき》の下、太腿の間、膝……床に跪《ひざまず》いて足の指の間まで拭《ふ》いてくれる上杉に、不思議な気分になる。

「不思議？　なにが？」

「……いえ。こういうのって普通、その……こっちがするんじゃないかと思って」

匠の頭には、服従する側が奉仕する図がある。

「匠がしたいなら、してもらうけど。でもグルーミングはおれの愉《たの》しみだからな」

愉しい、のか？　こんなことが。

「愉しいよ。それにこうやって触ると、匠の体調がわかる。膚の張りや、筋肉の固さ……疲労やストレスが溜まってないか、縛りで神経を傷めてないか、見えるところに痣や傷をつけていないか。だから匠も、もし怪我《けが》をしたらそう云ってほしい。小さな切り傷でも。その日のプレイを変える必要があるから」

「……そんなことまで考えてるんですか？」

それじゃ、気を使ってばかりで愉しくないだろうに。本当はもっと遠慮なしに激しいプレイをしたいんじゃないだろうか？

「そんなこと、が、おれの愉しみなんだよ」

匠の疑問に、上杉は、昨夜の彼からは考えられないほど優しく、あたたかな笑みを浮かべた。

「それに、普通は、なんて考えなくていい。百組いれば百通りのスタイルがあるんだから。おれと匠の間では、これが普通。だいたい匠の期待してる激しいのって、どんなの？　逆さ吊《づ》りとか針責めとか？　してほしいなら考えてみるけど……ああ、でも血を見るようなのはだめだ、貧血起こす」

「貧血？」

「若い頃、ＳＭクラブでアシスタントやってて、カッティングプレイを見てステージでブッ倒れたことがある。目が醒《さ》めたら、責められてたM嬢が介抱してくれてたよ。あれは情けなかったな……」

匠が声を立てて笑うと、上杉は珍しく怒ったように口を尖《とが》らせた。

「そこまで笑うかな」

「いや、だって、若い頃って。今だって若いのに」

「……たぶん、匠が考えてるよりも、ずっと若い頃の話だよ」

ふと、その言葉の端に、彼の過去が垣間見《かいまみ》えたような気がした。

思春期——彼はどんな日々を送ってきたのだろう。学生時代のエピソードなどは、仕事の合間によく話を聞いていた。

だが、もっとプライベートな部分——たとえば恋人のことや、以前のパートナーについては、匠からは訊けなかった。自分は彼の恋人でも、友人でもない。ただのパートナーにそんなことを訊く資格はないと、上杉は云うに違いなかった。

鏡の前に一列に並んだ瓶《びん》から、ボディミルクを選び、手の平に出す。すーっとするミントの匂い。しゃがんで匠の片足を膝に乗せ、白い踵《かかと》から擦り込んでいく。

それを終えると、最後に首輪をつける。カチンという錠の音に、匠は、熱い息をついた。

「午後は、ちょっと出かけようか」

「……どこに？」

アナルプラグを入れられたまま公園に放置された経験から、うっかり頷けない。そっと上目遣いで窺《うかが》う。

「買い物。新しい筆が欲しいんだ」

「筆？　絵筆ですか？」

「いや、絵の具も墨もつけないよ」

と、人差し指で、つーっと匠の鎖骨を撫でた。

「匠が常におれを意識しているみたいに、おれはいつも匠を悦ばせることを考えてるってこと」

眼鏡の奥の意味深な笑みに、匠は耳朶《みみたぶ》まで赤くなった。今夜は筆でたっぷり責められるのだ。期待に、体の芯がはしたなく疼いてしまった。

風呂の後は、上杉の作る美味《おい》しい食事が待っている。料理は体調管理をする上杉の仕事で、匠はきちんとそれを平らげるのが義務だ。自宅の冷蔵庫にも彼の作った食事がストックされている。体重、膚や爪の色つやまで、匠は管理され、支配されているのだった。首輪をつけていても、いなくても。

匠の携帯電話が鳴ったのは、洗い物をする彼の背中をリビングルームのソファからぼんやり見ていた時だった。会社からだ。

出ると、後輩の倉田が、重大なトラブルが発生したとまくし立てる。興奮していて話の要領を得ないので、これから合流するから、となだめて、電話を切った。

　横で聞いていた上杉が無表情に、「行くの？」と訊く。すみません、を匠は途中で飲み込んだ。買い物や、その後のことを愉しみにしていたと思われるのには抵抗があった。

「じゃあ、気をつけて。いってらっしゃい」

「……はい」

「っと。忘れるところだった」

　匠の顎を上げさせ、首輪の金具を外す。すうっとうなじが寒くなった。

　無意識に喉を撫でた匠の手に、上杉が、軽くキスした。眼鏡の奥がからかうように微笑《わら》っていた。匠は赤面して目を伏せた。まるで恋人同士のようだと、思ってしまったのだ。


「スプリンクラーが破裂したって――？」

「大阪の倉庫が水浸しだっていうんです。昼に出社した人が気づいて、うちで発注した品物もいくつかやられてて、それで、ええと、ええとですね」

「わかった、とにかく落ち着け。部長には？」

　さっき連絡しました、と倉田が硬直した顔で答える。休日出勤は彼ら二人だけだ。空調も入っておらず、無人のオフィスは寒々しかった。

「今日は伊東《いとう》でゴルフで……東名が渋滞してて、あと二時間くらいかかるそうです」

「だったらその間にやれることがあるだろう。おれは荷物の避難先の手配をする。工房にもう一回電話して、被害の情況確認。修繕可能かどうか。納品間近の物はなかったよな？」

「それが……上杉先生のソファが……」

「上杉先生の？　でも大阪に頼んだやつは昨日搬入して……」

倉田の顔が、どす黒く紅潮し、冷や汗を浮かべている。……まさか。

匠の頬から血の気が引いた。

上杉の家具はほとんどがオーダー品だ。いつもはデザインから制作まで上杉自身が手掛けるのだが、今回は度重なるリテイクのために彼のスケジュールが押したのと、予算の関係で、デザインを大阪の工房に別発注していたのだ。

「どうして！　納品は昨日だっただろ、倉田、立ち会ったんじゃないのかっ」

「そ、それが、工房から、一日待てば一緒に東京に搬送する品があるって云われて……クライアントには、搬送代が浮くからってことで、今日の夕方納品で了解もらっ……」

「なにやってんだ！　そんな大切なことを報告もなしにっ……」

「すみませんっ！」

目の前で下げられた後輩のつむじに、拳骨《げんこつ》を振り下ろしたくなった。オープンは明日の昼だ。それも、よりによって上杉の……！

素人《しろうと》の我儘《わがまま》をきいて何度もデザインの変更につき合い、忙しい合間を縫って大阪の工房まで足を運んでくれ——それが仕事だ、契約だといえば、違いない。だが、なにより、あれは上杉が生み出した唯一無二の作品なのだ。それが水浸しになり、無残な姿に変わり果てているかもしれない——

匠はまだ頭を下げている倉田に背を向け、自分のデスクのパソコンを立ち上げた。

彼を責めたところではじまらない。それより、この短い時間でなにができるかだ。

「大阪に電話して、もう一回被害状況を確認しろ。クライアントにはぼくが説明する。とにかく最悪の状況を想定して動こう」

「上杉先生には——」

「クライアントが先だ。それと、先生の椅子やソファを扱ってる関東近県のショップ、片っ端から当たれ。ソファは受注生産だけど展示品が置いてあるはずだから、最悪の場合はそれをレンタルして当座をしのぐ」

指示しながら匠は電話をかけはじめた。倉田も電話に飛びつく。——しかし、大阪からの返答は、匠のわずかな期待を儚《はかな》く打ち砕くものだった。

わかった――と、五秒ほどの空白の後に、上杉の平坦《へいたん》な声が受話器から返ってきた時、匠は、あまりの辛さに胸を抉《えぐ》られるような気がした。

すでに午後九時を回っている。倉田は他の社員と一緒に搬送車の手配に回っている。これから手分けしてあちこちのショップを回らなければならない。

「横浜《よこはま》と都内のショップから、〈スノーホワイト〉シリーズの椅子を何脚かお借りできました。ソファは突貫で作り直しをさせていますが、それまでの間、そちらで代替させていただこうと思います」

『椅子？　ソファは？』

「先生のソファは人気があって、展示品もほとんど売約済みでお借りできなくて。あっても、イメージが違いすぎるものですから……。……申しわけありません。先生には、何度も無理をきいていただいたのに」

『あのホールには椅子は合わないよ。白いソファだ。それもスウェードじゃないと』

「申しわけありません……」

『残念だよ。もっと早く連絡がほしかったね』

唐突に電話は切られた。ツーツーという無機質な音が、胸に突き刺さるかのようだった。

問屋やインテリアショップを拝み倒してかき集めた〈スノーホワイト〉シリーズの椅子を、部内総出で設置し、どうにかレストランオープン二時間前に作業は終了した。

上杉紀章の出世作であるこのシリーズは、丸みを帯びた優雅なフォルムが特徴だ。このレストランは設計段階から彼のイメージでやってきたから違和感はないが、搬入予定だったスウェードの白いソファに比べると、どうしても物足りなさを感じてしまう。

「ほんとに、すみませんでした……」

倉田は憔悴《しょうすい》して、大きな体を縮めていた。

昨夜から着たままのワイシャツはよれよれ、目の下は大きな隈《くま》、無精髭が生えている。

……自分も似たようなものだろうが。

「おれより、上杉先生だろ。この後、謝罪に行くから覚悟しておけよ」

「はい……。あーあ……まいったなあ。よりによって上杉先生だもんな……。怒ってましたか?」

「怒ってないわけないだろう」

匠は倉田をにらんだ。だがそれ以上後輩を責めるつもりはなかった。報告を怠ったミスはあるとはいえ、倉田自身がスプリンクラーを壊したわけではない。これは滅多に起こらない種類のアクシデントだ。

むしろ匠には、今回の事故は自分が確認を怠ったせいに思えてならなかった。上杉との仕事で納品に立ち会わなかったのは、今回が初めてだ。肝心な部分を人に任せて、いい仕事をしたつもりになっていた。その甘さが、彼の作品を無にしてしまったのだ……。

「先輩、ほんとに上杉先生の作品が好きなんですね」

「……そうだよ」

好きだ。上杉の作品も、才能も、傲慢さも、熱意も。……なのに。

彼がどんなに悲しんでいるだろう。どんなにか悔しいだろう。……なによりそれが、匠には、つらかった。

「先輩……」

「……ごめん。弱音吐いてる場合じゃないな。行こうか。先生に詫《わ》びを入れなきゃ」

二人が腰を上げかけた時だった。

幌《ほろ》をかけた軽トラックが、レストランの車寄せにつけられるのが、窓から見えた。

運転席には黒ずくめの男が乗っている。あっ、と倉田が声を上げた。

「あれって、上杉先生じゃ……!?」

運転席から降りてきたのは、間違いなく上杉だった。彼は車の荷台に回ると、カーキ色の幌を一気に剝《は》いだ。倉田がなにか叫んだ。匠は動悸がし、声も出なかった。

そこには、真っ白い、大きなソファが載せられていた。

ソファは三人がかりでホールに運び入れられた。

大きく取られた窓、白壁に陽光が反射するウェイティングホール。

ナチュラルに纏められた、まず一番に客を出迎えるレストランの顔ともいえるその部屋に、思わず座り心地を確かめたくなるような白いソファは、自己主張しすぎずぴったりと納まった。奥でプレオープンの準備に追われていたオーナー夫妻が、デザイナー自らの登場に驚き、待ちかねていたソファの姿に歓声を上げた。

匠は急いで、レンタルした椅子の返却と各所への連絡をすませた。ふと見ると、上杉が疲れきったようにホールの壁にもたれて床に座っていた。なにをしたのか、黒いセーターが綿《わた》埃《ほこり》だらけだ。

匠は彼の横に並んで、ソファと向き合った。

「いい出来だろ?」

「ええ……素晴らしいです。でも先生、どこからこれを……?」

「うちのアトリエ」

上杉は眼鏡の下に指をくぐらせて軽く瞼を揉んだ。

「リビングに置こうと思って、前から枠は組んであったんだ。おかげで徹夜だよ。今度はもっと早く連絡くれ。あとこれ、後でそっちに請求するから」

ポケットから皺《しわ》くちゃの紙切れをつかみ出す。ガソリンスタンドと東名自動車道の領収書。

「岐阜《ぎふ》!? まさか昨夜あれから……?」

「日曜で都内の業者がどこも休みで、知り合いに当たったら岐阜で工房をやってる知り合いが似たようなクロスの在庫を譲ってくれるっていうんで取りに行って、明け方戻って作業した。これならサイズもほぼ同じだし、ここのムードにも合うんじゃないかと思ったんだ。

……思った以上だったな」

眼鏡の奥で、充血した目を眩しげに細める。

「……どうしてそこまで……」

「どうしてってそれが仕事だろ。それに、約束したからな」

大きなあくび。瞼が完全にくっつく。

「嘉島さんとの仕事を、半端な形で引き渡すわけにはいかない」

「……先生……」

すー…と寝息が聞こえてきた。

匠は指を伸ばして、彼の眼鏡を取り、畳んで胸ポケットにしまった。

上杉の頭がコトリと肩に寄りかかってくる。

……この人が好きだ。

胸の奥深くに、ぽとりと、熱い水滴が垂れた。そしてそこから、泣きたいような切なさが、さざ波を立ててどんどん広がっていった。

どうしよう。どうしよう。この人が好きだ。好きなのだ……。

3

話が終わるまで、店には誰も入ってこなかった。電話も沈黙したままだ。

ピアスの青年は、身じろぎもせずにじっと匠の話に耳を傾けていた。そして、しばらく考え込んでから、正面から匠の目を見つめた。

「つまりあんたは、自分の心が体に引きずられてるんじゃないかって……それを確かめに来たんだね？」

匠はこくりと頷いた。

「……もしそうなら、誰としても……同じようになるのかと」

目を伏せる。口にしてみて、自分の短絡的な思考が恥ずかしくなったのだ。

すると青年が追い打ちをかけるように、呆《あき》れたような溜息をついた。

「お客さん。……あのね。ここはＳＭクラブなんだよ。お金で快楽は売れるけど、気持ちは売らないんだ。皆プロだからさ、プレイであなたを悦ばせることはできるけど、心から好きにさせたりはできないよ。第一お客さんだって……そんな吐きそうな顔してさ、自分が割り切って楽しめるタイプだと思う？」

「………」

「でもそんなこと、ほんとは自分でもわかってるんだよね？……ねえ。その人に、ちゃんと好きって云った？」

首を振ると、青年はテーブルのファイルを匠から遠ざけた。

「だったら、その人のところへ帰らなくちゃ。うちに来るのは失恋してからにしなよ。それにさ……おれはあなたも、あなたの好きな人のことも、羨《うらや》ましいけどな」

「羨ましい……？」

ちょっと見せて、と青年は匠の手を取った。ワイシャツの袖《そで》を少し捲《まく》る。

「本当に大事にされてるんだ。痣ひとつない」

「それは……彼のポリシーだから……」

「でも、おれは誰かにこんなに大事にされたことはないもん。髪の毛はつやつや。爪もヤスリをかけてもらってるでしょ？　どんなに大切にされてるか、一目でわかっちゃうよ。頭のてっぺんから爪先まで、彼の手が入ってないところはないんだね」

「……」

「近くにいなくても、あんたをぎゅっと包んで……束縛してる」

「……」

「羨ましいよ」

「……でも、でも……恋人にはなれない」

匠は片手で、顔を覆った。

上杉は匠とはセックスしない。彼自身がはっきりとそう云ったのだ。プレイのパートナーはセックスの対象ではないと。彼が愛するのは、あの両腕で抱き締め悦ばせるのは、恋人だけ。匠は……初めから対象外なのだ……。

「……かわいそうに。好きだって気がついた途端に、失恋しちゃったんだね」

匠は喘いだ。胸に広がった熱いさざ波が、嵐のようなうねりに変わるのを感じた。それは暗闇の中で出口を失い、荒々しくぶつかっては砕け、内側から匠を揺さぶっていく。

そんな匠を見つめて、青年がぽつんと呟いた。

「それでも、あんたはもう……その人のものなんだよ」


週末はいつものように訪れた。

リビングルーム。外は雨だ。

上杉が立ち上がる。

手を伸ばして、スタンドを点《つ》ける。

ぼうっと居間を包む、玉子色の明り。カーテンはぴったりと閉ざされ、灯油ストーブが赤赤と燃えている。室温は高い。全裸でも寒さを感じることはなかった。

だが顔が燃えるように熱いのは、ストーブのせいではない。匠は、首輪だけの姿で、椅子に縛られている。

両手はそれぞれ手すりに、両足首は椅子の脚に、伸縮性のない包帯で括られた。太腿の間はもう反応し、濡れている。上杉がネチネチとそれをからかう。いじめられて匠は熱くなる。先走りが滲んで、それをまたいじめられる。永遠の、快感のループだ。

テーブルにトレーが置かれた。さまざまな筆が、およそ十本ほども並べられている。

覚悟していても、恥ずかしさに、匠は顔を伏せてしまう。

「全部、匠のために買ったんだよ」

上杉が太くて穂先の白い筆を取り上げ、感触を教えるように、膝をくるりと撫でた。

「これはメイク用。こっちは絵筆。どれでいじめられたい？　この太いので体中くすぐられたい？　それともこっちの細いので、アナルの中まで撫でてやろうか」

「………」

「……匠？」

俯いた頤に指が触れる。匠はゆっくりとだが、自分から顔を上げ、上杉を見つめた。

彼はその素直な反応を意外に思ったようだった。いつもプレイの初めは恥ずかしがって上杉の目を見ることもできないからだ。

だが今日、匠は、決意していた。

「……あなたの、好きに……」

「おれの？」

こくりと頷く。そして決意を絞り出した。

「ぼくは、あなたの……ものです。だから、先生の好きなようにしてください」

匠が初めて自ら口にした服従の言葉に、上杉が切れ長の目を見開く。

「……そんなかわいいことを云うと、手加減できないよ？」

匠は、潤む目で、はいと答えた。

上杉にになら、どんなことをされてもいい。……どんなことをしても、いい。

初めて、心から、そう思っていた。

この体は、彼のものだ。

どんな命令にも、どんな恥ずかしい姿も、苦痛さえも、上杉の望むまま、すべて曝け出せるようになりたい。恋人になれないなら別のものでいい、爪先まで、本当に上杉のものになりたい。

どうすればもっと彼は悦んでくれる？　いい子だって褒めてくれる？　この気持ちが体の快楽に流されたものなら、もうそれでもかまわない。こんな気持ち、自分でも、どうすることもできない……。

上杉の舌が、匠の唇をぺろんと舐める。匠は軽く口を開けて、彼を迎え入れる。

上顎を舐められると、じん…と頭の中まで白く痺れてきた。

うっとりしてキスを味わっていると、右胸に疼痛《とうつう》が走った。クリップだ。ワニ口になっていて、文具用よりずっとバネが弱いが、乳首は充血してくる。

筆が左胸をゆらゆらと掃く。くすぐったさと、痺れるような痛み。押し潰された卑猥な色と形。ハア、ハアと乱れる匠の呼吸を、またキスで塞いでおいて、クリップを外す。頃合いを見て、再び同じ場所につけた。

一度鋭敏になった神経は、同じ刺激でも過剰に反応してしまう。匠は口を塞がれたまま、椅子の上で悶えた。上杉は悲鳴も許さない。匠の顎をきつく押さえて、舌の弾力や粘膜の感触を味わい尽くす。クリップをまた外し、つける。体の中で痛みと快楽が暴れ回る。……そして唇が解放される頃には、匠は、どろどろに感じてしまっているのだ。

「痛い？」

「……は、い」

「でも、感じてるね？」

「は……あ、んっ、は、はい……んあっ」

「いい子だ。かわいいよ……匠」

「あ、ああ、あ……いいっ……」

ご褒美だよ、というように、手で性器を扱かれる。痺れるような快感。

……好き……。

こんな時に口走りそうになって、匠は唇を噛んだ。上杉にはそれが反抗的に見えたのか、耳朶に犬歯が食い込んだ。さらに、包帯が瞼の上からも幾重にも巻かれ、視界を奪う。

首輪を摑まれ、首を前のめりに引っ張られる。熱く固いなにかが頰をぴたぴたと叩いた。雄の匂い。匠は夢中で口を開け、舌を伸ばし、それをしゃぶった。

「本当に、なにされてもいいんだな？」

はい、と彼を舐めながら答えると、肉棒がぐんと勢いを増した。

「声が出なくなるまでかわいがってやるよ」

猫の毛のような柔らかな感触が、つうっ…と背筋を撫でた。

——その、夜半だ。

数種類の筆すべてを使って本当に喉が嗄れるまで鳴かされ、匠は疲れきって熟睡していた。

だからいきなり部屋中のライトがついて、布団を剝がれても、ベッドの上でぽけっとしていた。

だが、仁王立ちになった上杉が膝の上に叩きつけたものを目にするや、急激に目に光が戻った。頭から水をぶっかけられたようだった。

「これ、どこに……」

メンバーズカード。あのピアスの青年がいるＳＭクラブの――

「……行ったのか」

コートだ。コートのポケットに入れて、忘れてしまっていた。

「行ったのか、って聞いたんだ」

上杉が首輪を摑んで、ぐいッと持ち上げた。首の後ろに革が食い込む。上杉の顔は、怒りのあまり、蒼白《そうはく》だった。

「やったのか」

「あ……」

「他の男とやったのか、聞いてるんだ」

「……し……してない……」

「じゃあどうしてそんなカード持ってる？」

「………」

「なんのつもりで行ったんだ？　また好奇心？　それともおれのプレイが不足だった？　もっといいプレイメイトを探しにか？」

「ちが……」

「なにが違うって？」

「してない」

匠ははっきりと叫んだ。

「なにもしてない……話をしただけです、受付の人と。疚《やま》しいことはなにも」

上杉は、ひどく悲しそうな顔をした。

「話をするためだけに行ったのか？」

わからなかった。

どうすれば、なにから話せばわかってもらえるのか。そうだ——まだ、気持ちを伝えていない。好きだとも云っていない。

だが、匠が口を開くより先に、上杉の手から力が抜けた。すとんとベッドに尻もちをつく。

「……匠。たとえ体に指一本触れさせてなくても、それだけじゃ、おれを裏切らなかったことにはならない」

上杉がベッドを離れ、抽斗《ひきだし》の小箱から小さな鍵を取り出すのを、匠はただ見つめていた。なにもかも、夢の中の出来事に思えた。声を出さなくては、と思うのに、唇が糊《のり》でくっついたように動かないのだ。

カチリと鍵が外れる。匠の体温に馴染《なじ》んでいた革の首輪が、するりと抜き取られ、ゴミ箱に叩きつけられた。瞬《まばた》きもできなかった。

黙って寝室を出ていったきり、いくら待っても、上杉は戻ってこなかった。

寒気を感じて、匠はぶるっと震えた。

ベッドを下り、椅子の上にあった服を身に着ける。いつも、脱いだ靴下まで上杉がきちんと畳んでくれていたが、今日はコートだけ、入口の床に落ちていた。

廊下に出ると、アトリエから明りが漏れていた。

一瞬、ノックをしようか、迷った。けれど、匠が向かったのは玄関だった。一歩外へ出ると、氷雨《ひさめ》だった。息が真っ白く弾む。

駅へは薄暗い住宅街を歩く。もう終電は終わっている時間だ。だがそんなことも頭になかった。匠は、冷たい雨に打たれながら、街灯の乏しい暗い道をぼんやりと歩いていった。ウールのコートに雨が染み込み、ゆっくりと重なっていく。

足が止まったのは、どこかの駐車場の前だ。

フェンスに、波打った青いトタンの切れ端が立てかけられていた。粗大ゴミの不法投棄場所になってしまっているのだろう。壊れた椅子や、古い緑色の冷蔵庫、壊れたテレビなんかが山になっている。

匠の足を止めさせたのは、一抱えはありそうな、大きなクマのぬいぐるみだった。彼はまだ新しそうだった。金茶色の毛並みは雨に濡れてべったりとしているが、どこも破れても、壊れてもいない。

……捨てられちゃったの？　おまえも。

クマは答えない。茶色いつぶらな目で、じっと匠を見つめている。

……帰りたい？　ご主人様のところへ。

コートのポケットから手を出し、べしょべしょした熊の頭を撫でた。

でも、帰れないいんだよ。

ご主人様は、いらないいんだって。おまえなんかもういらないいんだって。だから帰れないよ。ご主人様がそう云ったなら、帰っちゃだめなんだよ。言いつけを守らないとご主人様に嫌われてしまうからね。

嫌われて……しまうからね。

匠は確かめるように喉元に触れた。かじかんだ指先は、そこに馴染んだ革の感触を感じることはなく、ただ冷たい風が首筋を抜けていく。

これは罰だ。上杉を裏切ってしまった報いだ。彼が傷つくことを考えなかった、愚かな自分は、もう彼のものである資格はないのだ。

熱い雫が、みぞれ混じりの雨にまじって、ぽつりと金茶色の毛並みに落ちた。

「……一緒に座らせてくれる？　ぼくもご主人様に……捨てられちゃったんだ」

雨はいつしか、雪に変わっていた。

そこで、匠は夢を見たのだ。


辺りは雪が降りしきっていた。

屋根に、アスファルトの上に、道端のガラクタたちの上に。ガラクタになった、匠の上にも。

しゃりっ…と、アスファルトに積もりはじめた雪を踏む足音がした。

誰かまたなにか捨てに来たのかな、と思った。それとも、ここは人が捨てられる場所じゃない、と怒られるのだろうか。

「……なにやってる」

目に入ったのは、黒い靴。

ぼんやり視線を上げると、黒いズボンが。更に顔を上げると、黒いコートと雪が、風に躍っていた。

上杉が、白い息を吐きながら立っていた。匠と同じように頭からびしょ濡れで、髪や肩に、雪の粒がついては溶けていく。

彼は、道端で膝を抱え、熊と寄り添っている匠を、息を切らしながら茫然《ぼうぜん》と見下ろしていた。

「この……ばかっ！」

そしていきなり怒鳴った。

「こんなところでなにやってるんだ。どれだけ捜したと！」

「……捜した……？」

「当たり前だ、こんな時間に黙っていなくなって……とにかく、帰ろう。どれくらいここにいたんだ。氷みたいじゃないか」

冷たい？　ちがう、痛い。寒さで感覚が麻痺した匠には、痛みにしか感じられない。靴の中の爪先も、膝を抱えた手指も。

上杉はコートを脱ぎかけ、舌打ちした。匠をくるもうとしたが、自分のもびしょ濡れなのに気づいたのだろう。

「さあ立って。帰ろう？」

「やだ……」

クマのぬいぐるみの手を摑んで首を振る。

「やだじゃないだろ。ほら。肺炎にでもなったらどうするんだ」

「やだ……」

「やだって……困らせるなよ」

夢っていうのは都合がよくできている。頑《かたく》なに拒み続ける匠の前で、上杉は雪の中に膝をついた。そして、頼むから、と云いながら、冷え切った手で、ためらいがちに匠の頬に触れた。

Sである上杉が、地面に膝をついて、自分にお願いをするわけがない。だからこれはやっぱり夢だ。そう匠は思い、いや、やっぱり現実かもしれない、と思い直した。そう思って悲しくなった。自分はもう、彼のパートナーではないのだ。

「……あなたが、好きです」

匠は喘ぐように息をついて、顔の雪を払ってくれる彼の指に、そっと触れた。

この手も好きだった。長い指。手の平こそ鑿《のみ》や鉋《かんな》のタコでごつごつしているが、匠に傷をつけないように、常にヤスリをかけて整えた爪。時に苦痛を与え、匠を官能の極みに追い上げる――この手。

「あなたの恋人になりたい。一度だけでいいから、あなたと……寝たい。それであなたのものじゃなくなってもいい。我慢するから……」

「……嘉島さん……」

しんしんと雪が降り積もっていく。辺りは物音もしない。聞こえるのは二人の息遣いだけだ。

「我慢して、それでどうするの？　他の誰かに飼われるの？」

上杉が静かに尋ねる。

「おれがそんなことを赦《ゆる》せると思う？」

匠はまた首を振った。

「怖かったんだ。初めは、体だけだった。なのにどんどん、気持ちまで引き摺られていって……自分が自分じゃなくなっていくようで……認めたくなかった。でもどんどん、気持ちが膨らんで……あなたを好きだって想いが大きくなっていって…。怖かった……。もし、こんな気持ちを、誰に対しても感じるなら、あなたに対する感情もきっとそうなんだって、思って……どうしてもそれを確かめたくて、だから……」

「……それで、あのクラブでは確かめられた？」

「してない。なにも。……できなかった」

「どうして？　せっかく確かめに行ったのに」

匠は口ごもった。水滴のついたレンズの奥で、上杉の目が、いつも自分をいじめるときの意地悪な、そしてどこか甘い、熱を帯びていたからだ。

「匠。……おれが自分の性癖に気づいたのは、子供の頃だ」

優しく、匠の喉を撫でる。

「だけど、好きな相手には絶対に打ち明けられなかった。軽蔑されるのが怖かった。冗談でも軽く手首を縛ることすらできなかった。フラストレーションが溜まると、その手のクラブで金を払って解消してきた。……匠。おれはね、今まで決まったパートナーを持ったことはないんだ」

匠は目を見開く。

こんなふうに、上杉が自分のことを話すのも初めてならば、匠が初めてのパートナーだということも、初耳だった。

そして自分が長い間煩悶してきたように、彼もまた、苦しんできたのだ。——その事実は、匠の胸に深く染み通っていった。彼の素顔に、彼の心に初めて触れたような気がした。

「パートナーを持たなかったのは、そこまで本気になれる相手と巡り会わなかったせいもある。けど、一番大きいのは、決まったパートナーを持つことが怖かったからだ。おれにとって、パートナーっていうのは、性癖を満たすためのその時限りの相手とは違う。恋人と同じくらい——いや、それ以上に大切な存在でなければパートナーとは呼べない。でも相手も同じように思ってくれているかはわからない。プレイと恋愛感情は別、ってこの世界にはよくある話だからな。……だけど……いや、だからこそ考えてた。なんでおれは、好きな人ほどいじめたくなるのか。泣き顔が見たくなってしまうのか。泣かせた後できつく抱き締めると幸せを感じるのか。もし好きな人が、おれの前で弱さや恥ずかしさを全部曝け出して、なにもかも……身も心も預けてくれたら……おれのすべてを受け容れてくれたら、どんなにいいだろうか……。

「……先生……」

「……嘉島さん。おれは、ただのプレイ相手の前で、膝を折ったりはしない」

上杉が匠を見つめていた。じっと見つめていた。レンズ越しの黒目の中に、戸惑う匠の顔が揺れていた。

「もう何年も前、嘉島さんが軽井沢のアトリエに飛び込んできて、おれの椅子に一目惚れしたと云ってくれたあの日、おれは嘉島さんに恋をしたんだ。……あなたの性癖を知って、俺がどれくらい興奮したか、わかる？　初めてだったんだ。好きな人が——恋人にしたい人が、もしかしたら、本当におれのものになってくれるかもしれない。……だけど、嘉島さんが揺れているのはわかっていた。おれを好きじゃないことも。ただのプレイ相手だと割り切ってしまったほうが、あなたを楽にさせてあげられるんじゃないかと思った。だから、セックスはしないって決めたんだ。……それに、一度でも寝てしまったら、おれが離せなくなる」

背中に回された両腕が、匠を抱き締める。

驚くことばかりで、口もきけないでぼんやりしている匠に、上杉はどこか切なげな微笑を滲ませた。

「匠に恋人ができたら、逃がしてあげるつもりだったんだよ。……ばかだな。どうしておれなんか、好きになっちゃったの……?」


これは夢だろうか。

本当に、夢だろうか……。

固い胸板。セーター越しに感じる、心臓の脈動。背中に回された両腕に力がこもっていく。失うのを恐れるかのように、ゆっくりと、縛っていく。息苦しさに、匠は深い息をついた。

夢じゃない。この力強い腕は、心臓の音は、夢なんかじゃない。

「………」

この長い腕も、この胸の広さも、匠をこうするためにできているかのようだ。

自分の体も、彼のために作られてきたかのようだ。あれほど怯《おび》えたものは、唯一、匠がすっぽりと自分を収められる場所だった。

体の中で出口を失い、うねっていた大きな暗い波が、次第に穏やかなさざ波に姿を変えて、匠を隅々までじんわりと満たしていった。目の前の人が愛《いと》しかった。彼の心音が愛しかった。

彼の強い束縛が、狂おしく、心地好かった。

匠は上杉の背中に手を回し、ぎゅっと抱きついた。

「離さなくていい。ずっと……」

「……匠……」

「心も体も、ぼくはあなただけのものです……」

切れ長の目が少しだけ見開かれた。更に両腕に力がこもり、見たこともないような、甘く、とろけるような微笑を浮かべた。

冷たい唇と唇がそっと触れ合う。柔らかなくちづけ。だがたったそれだけで、凍えていた耳朶に、ジンジンと血が通いはじめる。

「……一緒に帰るね？」

「はい」

「いい子だ。一緒に風呂に入って……首輪も新しいのをつけ直そう」

「はい……」

「けどその前に——お仕置きだよ」

腕がすっと緩む。離される不安と寒さに、匠は戸惑った。

「……ここで……？」

「そう。今、ここで」

不安げな匠の頤を、そっと持ち上げる。雪と闇の中で、白い吐息が混じり合った。

眼鏡の奥を見つめた匠は、上杉が待っているものに気づいた。頷いて薄く瞼を伏せ、そして、顔を斜めにして彼に近づく。

お仕置きの、甘いくちづけをするために。

Sweet Pain

1

上杉《うえすぎ》は普段から、黒い服を好んで着る。今夜も痩身長身に映える黒っぽい細身のスーツだ。シャープな顔立ちを引き立たせる眼鏡のフレームは、ビジネス用の黒いチタンから、少し遊びの入ったデザインに変えていた。そのせいか、こうしたパーティの席で彼を見るのは初めてではないのに、ネクタイを締めた彼の姿は、いつになく匠《たくみ》の目に新鮮に映る。

「上杉くん、紹介しよう。彼は嘉島《かしま》くんといって、大学で講師をやってた頃の教え子でね。お尻《しり》に殻をくっつけてた頃からよーく知っているんだよ。嘉島くん、こちらは家具デザイナーの上杉くんだ。いま一番の注目株だよ。君も噂《うわさ》くらいは聞いているだろう?」

「ええ、いつも大変お世話になっています」

老建築家の質問に、匠より先に上杉が答えた。その目尻が、見とれてるんじゃないよと云《い》うようにかすかに嗤《わら》った気がして、匠は慌てて視線を逸《そ》らす。

いけない。まだ仕事中――それも公の場だというのに。

「なんだい、二人とももう知り合いだったのか。つまらんな」

老建築家は少年っぽく口を尖《とが》らせた。

「大学を出てから地方でくすぶっていたぼくを引っ張り上げてくれたのが、こちらの嘉島さんなんです。先生の教え子だったとは知りませんでした」

「教え子も教え子、ぼくは嘉島くんに振られたことがあるんだよ。学生時代うちの事務所にアルバイトに来ていたから、当然卒業しても来てくれるものだと思っていたら、見事に袖《そで》にされてしまった」

「黒川《くろかわ》先生」

なにを言い出すのかと、匠は慌てる。

「嘉島さんは、この優しげな風情で芯《しん》は案外頑固者ですからね。ぼくも度々ゴリ押しされてます」

するとと今度は上杉だ。

「そう、もの作りに携わる人間は、繊細かつ図太くなくちゃいかん」

「あの強引さは先生の指導の賜物《たまもの》でしたか。おかげでいつもいじめられていますよ」

「上杉先生……」

いつもいじめているのはどっちなのか……。

匠は困り果て、もう勘弁してください、と訴えるのだが、ウイスキーグラス片手の老建築家はもう大分きこしめしたご様子で、匠の学生時代のことなど面白く話して聞かせている。いたたまれなくなって、お酒をお過ごしでは、奥様に叱《しか》られますよ、とやんわり諌《いさ》めてみたもののまるで効果がない。

数年前に腎臓を患ってから酒は控えているはずなのに。と思って目で細君を捜すと、少し離れたところに座っていた上品な老女は、匠の視線に苦笑いを浮かべて見せた。今夜だけは特別にお目こぼししているのだろう。祝いの夜だ。

神戸《こうべ》市の高級住宅街に来週オープンする瀟洒《しょうしゃ》なダイニングバーは、老建築家の引退仕事であり、長年連れ添った細君へのプレゼントでもあった。小さな店を持つことは彼女の長年の夢で、二人の人柄を慕って祝いに駆けつけた多くの人々が、広くないフロアで肘《ひじ》をぶつけ合いながら歓談している。

その中で、黒いギャルソン風のエプロンをした同僚の倉田《くらた》が、使い終えたグラスや食器を腕まくりで集めて回っているのが目に入った。

あっちでもこっちでも、大勢の招待客をさばくために、まだ不慣れな料理人とウェイター、ウェイトレスがフル回転だ。今頃、厨房《ちゅうぼう》はおおわらわだろう。

混雑する入口から大きな花束を抱えた女性が「先生！」と手を振っていた。それを汐《しお》に、匠は、挨拶《あいさつ》もそこそこに厨房に戻った。

「あれ、先輩。戻ってきちゃっていいんですか？　こっちは大丈夫ですから、パーティ楽しんでくださいよ。せっかくうまいもの並んでるんだし」

倉田は、大きな体を窮屈そうに屈《かが》めて皿を洗っていた。借りたエプロンが小さすぎて、御用聞きの前かけのようだ。

「挨拶はすんだから代わるよ。倉田こそ少し休んでなにか腹に入れろよ。朝からずっと立ちっぱなしの動きっぱなしだろ」

「おれは大学時代、居酒屋の厨房でバイトしてたんでこういうの慣れてますから。あ、そういえば上杉さんを見かけましたよ。招待されてたんですね」

「……みたいだな」

匠はワイシャツの袖を捲《まく》り、泡立ったシンクに手を突っ込んだ。

まだ胸の奥がざわついている。

まさかこんな所で会えるなんて。

手伝いを兼ねて祝いに駆けつけたプレオープニングパーティ。恩師から「ぜひ紹介したい若手がいる」と言われ、引き合わされたのが上杉だった。スーツ姿の彼を見た瞬間、驚きと嬉《うれ》しさで心臓が停まりそうだった。

ここで逢《あ》えると知っていたら、新幹線のチケットは取らなかったのに。明日一番の仕事のために、匠は最終で東京に戻る予定だった。顔を見るのは半月ぶりだっていうのに――

「風邪は治ったんですかね。だいぶひどかったようですけど」

倉田は洗い終えたグラスを手際よく布巾《ふきん》の上に並べていく。その横では食器洗浄機もフル回転だ。

「熱は引いたんだけど咳《せき》がひどくて電話にも出られないって、事務所の人も心配してたんですよ。でもおれ、責任感じちゃって……。ソファの搬入で徹夜させちゃったし、そのせいで風邪こじらせたんじゃないかと思うと……」

「きっと疲れが溜《た》まってたんだろう。忙しい人だから」

さりげなく答えながら、匠は、頰《ほお》のあたりが熱くなるのを感じた。上杉の風邪の原因はよく知っていた。みぞれ混じりの雪の中を、匠を捜して歩き回っていたせいだ。


あの晩、びしょ濡《ぬ》れで上杉の自宅に戻った二人は、風呂で体を温め、疲れきってそのまま同じベッドに横になった。異変に気づいたのは明け方だ。横で眠っていた上杉の体が異様に熱く、息遣いも苦しげだ。飛び起きて熱を計ると、四十度近かった。

コンビニに走り、冷却枕と冷却シートを買ってきて体を冷やしたが、一向に熱は下がらなかった。朝になって医者へ連れていこうとすると、行きたくないといってきかない。半日かけてなんとかなだめすかして往診を受けさせ、翌朝やっと熱が引きはじめたと思ったら、ちょっと目を離すとすぐにアトリエに籠《こも》ろうとする。それでまた夜には熱がぶり返してしまう。

全く、彼は手のかかる病人だった。

子供じゃないんですからと注意すればふてくされる、レトルトのお粥《かゆ》は生臭い、果物は喉《のど》に滲《し》みる、飲み物がぬるい冷たい熱いと文句ばかり付ける。熱のために食欲がないのをごまかそうとしているのがわかっていたので、我儘《わがまま》には一切耳を貸さず、スプーンを口の中にねじ込んででも食事をさせた。なにしろその一週間ほどで、上杉の体重は五キロも落ちてしまったのだ。

やっと熱が平熱近くに落ち着くようになったと思うと、今度はたちの悪い咳に取りつかれた。

泊まり込みの看病を続け、昼には出先から車を飛ばして必ず様子を見に行ったというのにくしゃみひとつ出ない匠に、自分だけ床に就いているのは不公平だ、と恨めしそうだった。

「なんで匠はなんともないんだ……」

「体質ですよ。こう見えても、子供の頃からあんまり風邪を引いたことはないんです。さあ、薬を飲んで少し寝てください」

枕もとには見舞いの花と、林檎《りんご》と喉あめ。匠が留守の間は寂しくないように、もさもさの毛並みの大きなテディベアが付き添っている。雪の晩、匠と一緒にこの家に引き取られてきた、あの熊だ。きれいに洗って、首のリボンも新しく付け替えた。

「いやだ。飽きた」

「飽きたって……。だからって、アトリエはまだ早いですよ。声だってそんなガラガラで。風邪は治りばなが肝心だっていうでしょう?」

「だったら横で見張る？」

と体をずらし、布団の端を少し持ち上げてみせる。匠は困った顔を保つのが難しかった。彼をゆっくり休ませてやるべきなのはわかっているのに、「おいで」と命じられると、もうだめだった。

替えたばかりのシーツの上にそっと腰かけ、爪先《つまさき》を彼の横に滑り込ませる。薄いスエット越しにも、上杉の体温がまだ平熱より高いのがわかる。

うっすらと、官能的な汗の匂《にお》いがした。上杉は、ワイシャツの下のラインを確かめるように、匠の二の腕を人差し指でつー…と撫《な》でた。

「あ……」

「匠……」

少しカサついた唇が、こめかみに触れる。だが、瞼《まぶた》を閉じて唇にたどり着くのを待っていると、上杉は急に顔を背け、枕に顔を押し付けてしまった。また咳の発作が起きたのだ。匠が背中をさすってやり、湯で割ったカリン酒をマグカップに入れてきて飲ませ、ようやく落ち着いた。

「いたずらにはまだ早かったみたいですね。これを飲んで、少し寝てください。無理をするとまた咳が出ますよ」

「くそ……」

悪態をつきつつも、やはりしんどいのだろう。おとなしく布団を被《かぶ》り、目を閉じた。熱が下がって仕事に復帰できたのは、一週間も経《た》ってからだった。

いつもと逆転し、かいがいしく世話を焼いたり、上杉の意外に子供っぽい一面に触れられたことはなかなか愉《たの》しかったのだが、この風邪のせいで上杉のスケジュールが大幅に狂ってしまった。匠も仕事に追われ、また上杉がしつこい咳にずっと悩まされていたせいもあって、この半月はメールで簡単に近況報告をしあっただけで、今夜のパーティに顔を出すことは勿《もち》論《ろん》、この週末の過ごし方さえ知らなかった。

パーティの後、上杉の予定はどうなっているのだろう。

東京へ戻るのか、神戸に一泊するのか。もし後者なら、なんとか理由をこじつけて倉田を先に帰し、自分だけ明日一番の便で帰ってもいい。これを洗い終えたら訊《き》いてみようか——でも、期待してはいけない。彼は彼で予定があるかもしれないのだし、期待が大きい分、後でがっかりしたときの反動も大きい。

考え考え最後のグラスを濯《すす》ぎ終えた時、まるで先回りしたかのように、ポケットの携帯がブルブルと震えた。

屋上のドアを開けると、そこは小さな庭園だった。睡蓮《すいれん》を浮かべた水路のそばに、アジアンテイストのテーブル席が三つ。緑色のパラソルは畳まれて、萎《しぼ》んだ朝顔のようにひっそりとしている。

夏場には草花を飾って、清々しいオープンスペースになる予定らしいが、やっと三月の声を聞いたばかりのこの季節では、白い息が凍るようだ。匠は急いで羽織った上着の襟元《えりもと》を片手でかき合わせた。

いぶした細い竹を編んだフェンス際で、夜景を見下ろしていた長身の男の口もとに、白い息が見えた。黒いロングコート。ドアが開いた気配に気づいて、ゆっくりと振り返る。

振り返るときのその視線。夜風に雲のようにちぎれる白い吐息。それだけで、匠の胸は熱くなった。この人のことがこんなにも好きだということを、改めて思い知る。

「……来ているとは思わなかった」

上杉の声には、パーティ会場での彼とは違う、あたたかみが滲《にじ》んでいるような気がした。

「先生こそ。黒川先生とおつき合いがあったんですね。知りませんでした」

「以前出品したコンクールで黒川先生が審査員長をやってたんだ。受賞パーティの二次会で妙にウマが合って、朝まで飲み明かして奥さんの世話になった」

「しじみのお味噌汁《みそしる》ですね。昔よくいただきました。あれが二日酔いの胃に滲みて」

「それは知らないな。トイレで背中はさすってもらったけど。一階のトイレに先生、二階はおれ。先生のほうは、飼い犬のグレイハウンドが面倒みてたらしい」

それは犬もいい迷惑だったろう。匠が噴き出すと、上杉も笑った。

階下から、挨拶を交す声と、車の音が聞こえてくる。ライトアップされた庭を見下ろすと、今宵《こよい》のホスト夫妻が車寄せに立って客を見送っていた。その後からグレイハウンドがとことこと出てきて、主人の横に座って一緒に客を送る。

手を振って車を見送る妻。夫がそっと肩を抱き寄せる。寒くないかね、と尋ねる優しい声が聞こえてくるようだ。二人は微笑《ほほえ》みあい、影はひとつに寄り添った。犬の尻尾がぱさ、ぱさ、と右に左に揺れていた。とても穏やかで、そして美しい光景だった。

「……いいご夫婦ですね」

「そうだな」

歳《とし》を取ったら、好きな相手とあんなふうに穏やかに寄り添って過ごしたい。——そんな言葉が口もとまで出かかったが、なんとなく気恥ずかしく、黙っていた。

「子供の頃、ああいう犬を飼うのが夢だったんだ」

と、別のことを考えていたらしい上杉がぽつっと呟《つぶや》いた。

「うちは猫を飼ってたんだけど、おれにはあんまり懐かなかったんだ。相手をしてくれてもお義理程度で、一緒の布団に寝かせても明け方には必ず兄貴の布団で寝てた。犬ならおれにだけ懐いてくれて、他のやつには絶対になびかないように調教できると思った」

きっと、その猫のことをとても好きだったのだろう。朝、抜け殻の布団を見てがっかりしている小さな上杉。いまここにいたら頭を撫でてやりたい。匠は微笑を浮かべた。

「一緒に寝てくれる犬だと、小さい子ですね。お客様にブリーダーがいますから、つてを当たってもらいましょうか?」

「……」

すると上杉は、どきっとするような甘い笑みを浮かべ、自分のコートを脱いで匠の肩を包んだ。

「風邪引くよ。そんな薄着で」

「ぼくはいいですから、着ていてください。治ったばかりなんですから」

「順番でいったら、次に風邪引くのは匠の番だろ? それに、しばらくメンテをなまけてたからな」

と云って匠の手を取り、裏表ひっくり返して、眉《まゆ》をひそめた。

「切り口がガタガタだ。爪切《つめき》りを使っただろ? ちゃんとヤスリで仕上げしないと」

「……すみません。つい面倒で」

「逆むけができてるし、皮膚もガサガサしてる」

「さっき食器を洗っていたので」

「ゴム手袋を使わなきゃダメだろ。ハンドクリームを持ってくるんだったな」

真剣な顔で匠の手を両手で挟み、温めはじめる。匠はじっとして、コートの襟から漂う香料をゆっくりと胸に吸い込んだ。シャンプーとコロン、そして上杉自身の匂いだ。

上杉はいつも、匠以上に、匠の体調に目を配る。膚《はだ》や髪の艶《つや》や張りから食欲、睡眠。もちろん食事の用意も、後片付けをするのも上杉だ。一緒に過ごすときには、風呂の湯加減からシャンプーから、匠は自分でしてはいけないことになっていた。ハンドクリームやシャンプーなども専用に用意されていて、それも一個五千円とか、信じられないような値段がするのだ。

匠はあまり自分に構うたちではなくて、身だしなみをきちんと整え清潔であれば問題はないと思っているので、上杉は風邪で寝込んでいる間、ケアができないのがたいそう不満のようだった。

「……そろそろ、戻らないと」

匠は、じんわりと温まってきた指先を少しだけ引っ込めた。

「まだ指先が冷たい」

「でも……倉田が捜しに来るかもしれませんから」

「あいつ、一緒に来てるのか」

上杉の声があからさまに冷える。彼が内装デザインを手がけたレストランの仕事で、ソファの納品ミスをして以来、倉田のことはよく思っていないのだ。

「ホテルは？　今夜はこっちに泊まりだろ？」

「今夜は……」

どうしようか。でも上杉が泊まるのなら泊まっていきたい。匠が躊躇《ためら》いながら口を開きかけたとき、上杉のポケットで携帯が鳴った。

「出なくていいんですか？」

「いいよ。大学時代の友達にパーティのことをちらっと話したら、こっちにいるやつらが顔見せろってうるさいんだ」

大学時代の友人——だったら、積もる話もあるだろう。邪魔はできない。内心わずかならずガッカリしたが、匠は精一杯落胆を隠し笑顔を作った。

「そうですか。楽しんできてください。ぼくは明日の仕事があるので、そろそろ引きあげます」

「……帰るの？　いまから？」

「ええ、最終で」

「倉田くんも？」

「同じ便です」

「ふーん……仲がいいね」

「同僚ですから」

苦笑しながら、名前を出しただけでこれでは、倉田はしばらく担当を外したほうがいいなと匠は考えた。上杉は道理のわからない男ではないのだが、職人気質《かたぎ》で気難しいところがあるので、合わないとなったらとことん合わないのだ。

「あ……そういえば、今年のD展は出品されるんですか？」

D展は、二年に一度初夏に開催される家具の国際デザインコンクールである。新進デザイナーが腕を競う場としても有名で、上杉も何度か出品していた。

「まだ決めてない。ベッドを作ってるけど……出来次第だな」

「寝具まわりは初めてですね。楽しみです」

「見たい？」

「ええ、もちろん……」

やにわにぎゅっと手首を握られ、匠はドキッとした。たったそれだけの行為で狼狽《うろた》えてしまった匠を、上杉が、面白がるような目つきで見下ろしている。

「いま、なにを想像したの？」

なにも——なにも。だがかぶりを振って否定したところで、上杉は、なにもかも見透かしてしまっているのだ。

「当ててやろうか。——こうやってベッドに拘束して、気を失うまでかわいがってほしい」

「……あ……」

一瞬で、匠はとろけた。

両手両脚を恥ずかしいポーズで拘束され、身動きできず、あられもないポーズで荒々しく犯される自分——そんな卑猥《ひわい》なイメージに、呼吸が詰まり、頭がくらくらした。じんわりと手首を締めつけている上杉の指が、しなやかな革の拘束具のように思える。匠のためにと、デザインと素材を吟味し、わざわざ海外から取り寄せてくれた、あれ……。

たちまち、酔ったように目を潤ませはじめた匠の腰を、上杉が片手で抱き寄せた。彼の匂いを吸い込み、匠は小さく喘《あえ》いだ。

「次はいつ空いてる?」

まつ毛が震える。

「……週末、なら」

「よし。じゃあ、それまでオナニーはおあずけだな。ただし、ここだけ——」

「ん、んッ」

乳首をキュッとひねって押し潰《つぶ》し、しばらく待ってから指を離す。血流が戻って、ジンと痺《しび》れが広がった。

「毎日自分でこうやって揉《も》んだり擦《こす》ったりして、敏感にしておけよ。いずれ乳首だけで射精できるようにさせるから」

上杉はとろけそうに甘く笑った。

「そん、な……」

匠はかぶりを振り、下唇を噛《か》んだ。ひどい。半月もほったらかしにされていた胸の尖りは、たったそれだけで固くしこって疼《うず》いている。火を点《つ》けられたままおあずけされて、週末を焦がれて待てというのか。匠は縋《すが》り付くように彼のシャツに爪を立てた。

「どうした、匠？　いいの？　そろそろ行かないと、最終に間に合わないんじゃないか」

「……ッん」

ピン、と乳首を弾《はじ》かれる。脆《もろ》くなっていた理性が軋《きし》み、ひび割れる。辛《つら》い。帰りたくない。このまま——もっと……いじめてほしい……。

「い……」

唇を開きかけたそのとき、庭で、短いクラクションが聞こえた。

匠ははっと我に返り、唇を閉じた。上杉がゆっくりと両手を離す。眼鏡の奥の表情は読めない。匠は俯《うつむ》いて、彼にコートを返した。

階段の途中で一度振り返ったが、上杉が下りてくる気配はなかった。過敏になった乳首が、ワイシャツに擦れて、疼いた。

2

男と、寝る。――それがどんなものなのか、匠はまだ、想像でしか知らない。

上杉と匠は、まだ肉体関係を持っていない。上杉にとって、セックスは恋人とするもので、SMパートナーはその対象ではなかったからだ。これまで調教のひとつとしてアナルを開発しても、最後の一線だけは越えなかった。逆に云えば、彼と寝て初めて、匠は恋人として認められたことになる。

神戸から戻ると、どういう悪戯《いたずら》なのか、まるでエアポケットに入ったように仕事が暇になった。

週末といわずすぐにでも逢いたかったが、上杉は多忙なのか、あれきり連絡を寄越さない。たまにはこちらからかけてみようかと思うものの、もし仕事がのっていたら邪魔をしてしまうのではないかと、つい躊躇ってしまう。「待て」もできないのか、しょうがない駄犬だな、と叱られてしまうかもしれない。

二日、三日……じりじりと時間が過ぎた。スケジュール帳には週末の予定はあえて書き込まなかった。だがその日に出張や残業になりそうな仕事が入っていないことは、何度も確認していた。

上杉の命令を守って、入浴中、あるいはベッドの中で、毎日乳首をいじる。指の腹でつまみ、粘土のように細く伸ばし、クニクニと捏《こ》ねていると、下着の中はべっとりと濡れ、禁欲を強いられた性器がヒクついてくる。

目を閉じていると、胸をいじっている指はいつの間にか上杉の指になり、彼の前歯で噛まれ、扱《しご》かれた感覚まで生々しく蘇《よみがえ》る。だが匠に許されているのはそこまでだ。どんなに切なくても、オナニーすることはできない。

命令を破っても証拠はない。嘘をついたってばれるわけじゃない。だけど命令には絶対に背けない。——それが調教だよ、といつか上杉は云った。

調教。その淫靡《いんび》な響きは、匠の体の芯を切なく疼かせた。初めてその言葉を耳もとで囁《ささや》かれたとき、恐ろしさで硬直し、反抗したのが嘘のように、いまでは上杉の調教を待ち望む体になってしまっていた。

今度の週末は久しぶりに二人きりでゆっくりできる。なにをしようか、どんなふうに過ごそうか。話したいことも山ほどある。

彼の好きな店の総菜とワインを買っていこうか——彼の新作はどんなベッドだろうか——仕事が暇なせいで、気がつくといつもそんなことばかり考えている。……そして、いつも同じところに辿《たど》り着く。

男と寝るのは、どんな感じなのか。

上杉と関係するまで、匠は女性としかつき合ったことがない。自分の性癖はかなり以前から自覚していたものの、正視する勇気がなかったからだ。マゾヒストで、しかもゲイ。――とても容易に受け容れられることではなかった。

上杉と出逢ったのは、彼がまだ地方の小さな共同アトリエにいた頃だ。まず作品に惚《ほ》れ、仕事を通して人柄にも惹《ひ》かれていった。SMプレイは上杉の強引さに引きずられた形ではじまったが、もし相手が上杉ではなかったらこれほどのめり込んだはずはないし、いままでの人生でセックスしたい――抱かれたいと思った男も、上杉ひとりだ。

彼の熱を帯びた膚。息遣い。固い胸板の下に敷き込まれ、彼自身で、体の奥深くをゆっくりと拓かれる――それは、考えるだけで絶頂に達してしまいそうなほど官能的だ。

けれど一方で、未知の感覚は逃げ出してしまいたいほど恐ろしくもある。

いっそ週末なんか来なければいい、だけれどやはり待ち遠しい。

逢いたい、でも逢いたくない……期待と、不安と。波に揉まれる船のように、匠の心は大きく揺さぶられていた。

そんなことばかり考えていたせいだろうか。水曜の昼、不意の幸運が降ってきた。

倉田とともに上杉の事務所近くで打合せを終え、ビルを出てきたところで、上杉とばったり出くわしたのだ。

寒そうにオフホワイトのマフラーをぐるぐる巻いて、革の黒いコートのポケットに手を入れている。スーツもよかったけれど、こんな格好も素敵だ。意識して顔を引き締めていないと、つい目尻が緩みそうになってしまう。

「嘉島さん、お久しぶりです。たまには事務所に顔見せてくださいな」

横にいた女性アシスタントがにっこりした。手にはピンク色の財布ひとつ。これから二人でランチに行くのだろう。

「最近はいつも忙しそうですね」

ゆったりと上杉が云う。その声を聞いただけで、匠は胸がいっぱいになってしまう。横からはきはきと倉田が、

「はい、お陰様で。ずっと残業続きで、今週やっと定時に帰れるようになったとこで。このご時世にありがたいことですけどね。あ、先生、この間のお世話になったレストラン、すごい盛況で三ヵ月先まで予約で埋まってるそうです。オーナーさんも先生に感謝してらっしゃいました」

「べつに、おれが料理を作って出してるわけじゃない」

ピシリとやられて、倉田は大きな体を竦《すく》めてしまった。上杉はまだご立腹らしい。気の毒

になって、仕方なく匠が助け船を出した。

「料理だけでなく店内のデザインも話題になっていて、もう何本かインテリアについての取材があったそうですよ」

「そうそう、そうなんです、うちにも問い合わせが幾つか。是非また宜《よろ》しくお願いします！」

倉田に通りに響くような声で頭を下げられて、上杉は邪魔くさそうな顔をしたが、オーナーに宜しくと挨拶して離れていった。

二人はすぐ先のトラットリアに入っていった。上杉がアシスタントのために重いドアを開けてやるのを、ぼんやりと目で追っていた匠は、自分の羨《うらや》ましげな視線にはっとして、足早にその場を立ち去った。


その夕方のことだ。

「お帰りなさーい。はい、これ留守の間に届いてましたよ」

出先から分厚いカタログを何冊も抱えてオフィスに戻ってくると、まだ残っていた同僚の椎名《しいな》が、バイク便の小包を届けてくれた。包みの上には、小さなチョコレート菓子が添えられている。

「お客様のお土産《みやげ》なんです。あたしたちは先にいただきましたから」

「ありがとう。甘いもの欲しかったんだ」

「お疲れなんじゃないですか？　嘉島さん、このところ出張が続いてましたものね」

「そう、もうトシかな」

笑ってチョコレートを口に入れると、

「やめてくださいよー、ひとつしか違わないのに。あーでも最近、肩凝りがひどくて。マッサージでも行こうかな」

「あ、だったら駅ビルの三階がうまいっすよ。眼鏡かけた美人の先生がいるんだけど、その人がいいです。持病の偏頭痛が一発でスッキリしたんですから」

カタログを棚に片付けていた倉田が横から口を挟み、「へー、そのガタイで偏頭痛？」とからかわれている。

「だいたい、美人っていうのが一言余計なのよ。女性のマッサージ師さん、でいいでしょ。やーらしー」

「や、やらしーって。違いますよ、単なる事実を云っただけで……嘉島先輩、あの先生は美人っすよね？　ねえ？」

「ん？　うん、まあ」

「ほら、ね？　先輩も認めたんですから、これは客観的事実、それだけっすよ」

「嘉島さんはいいの。やらしく聞こえないから」

「ええっ、なんすかそれ、贔屓《ひいき》だ」

やれやれだ。匠は苦笑しつつ、バイク便の包装を破いた。

この二人は友人以上、恋人未満、といった塩梅《あんばい》で、どちらかといえば倉田が椎名に想いを寄せている。食事や映画にも行くくらいだから彼女も満更ではないようなのだが、倉田が無骨というか、年上の女性をどう口説いたらいいのかわからないようでなかなか進展しない。彼女の前でうっかり他の女性を褒めてしまうようでは、成就は当分先になりそうだ。

二人は帰り支度をはじめたが、匠は残業していくつもりだった。急ぎの仕事があるわけではないが、夜ひとりきりの部屋にいると、上杉のことばかり考えてしまう。いつ電話をくれるか、メールは入っていないか……そんなことばかり頭から離れないのも、つらい。

厚手のボール紙ケースから出てきたのは、頼んだ覚えもない、白いベルベットの細長いケースだった。ネックレスなんかが入っているような箱だ。

なんだろうと怪訝《けげん》に思って改めて伝票の差出人を見ると、上杉デザイン事務所になっている。手書きの「嘉島様進展」の文字は上杉の字だろう。思わず目もとが緩んだ。

昼間は、わずかな時間だったが、顔を見られて嬉しかった。あと三日……やっぱり週末が待ち遠しい。

上杉の顔を思い浮かべながらスライド式の蓋《ふた》を開けた匠は、慌ててまた蓋を閉めた。鞄《かばん》の底に突っ込み、コートにくるむようにして立ち上がる。

「ごめん、戸締まり頼む。お先に」

そう云ったときにはもう、体が半分ドアを出ていた。倉田たちが驚いた顔で、

「あ、はい、お疲れさまでした」

「お疲れ」

急ぎ足でエレベーターで駐車場に下り、車に乗り込むまでの数分間、心臓が破れそうだった。もどかしくエンジンをかけ、駐車場を出る。夕方の帰宅ラッシュの中をじりじりと進み、マンションの駐車場に帰り着くまで待てずに、人通りの少ない路地で車を停めた。

『プレゼント、届いた？』

電話をかけてくることを見越していたのだろう。外出先にいるらしい上杉は、匠が声を発する前に、憎らしいほど落ち着いた声でそう尋ねてきた。

『どうだった？　匠が気に入ってくれるといいけど』

電話のために中座したのか、それとも人払いしたのか、後ろでしていた話し声が静かになる。匠は、携帯を握り締めた。

『どうしたの。それで電話してきたんだろ？　気に入らなかった？』

「……いいえ。でも、これは……」

『そうだよ。新しいニップルクリップ。匠のために作らせた』

——ああ。言葉で貫かれたように、呼吸が乱れた。

『付けてみた？』

「……いいえ。まだ……です」

『付けて』

「いま、車の中だから」

『仕事中？　誰かそばにいるの』

「……いいえ」

『家に帰るまで我慢できなかった？』

見透かしたように笑う。

『仕事が暇になって時間を持て余してるんだろ？　退屈してるんじゃないかと思って』

ケースの蓋を開ける。

ずっしりとしたプラチナの鎖。その両端には、イヤリングのように幅を調整できる金具がついていた。だがそれは耳朶《みみたぶ》を挟むためのものではない。挟むのは、乳首だ。ネジを締めて、乳首をくびり出す責め具。

ぞくぞくっと背筋が震えた。

『プラチナだ。似合うと思うよ。匠の乳首の色に合わせた』

「あ……」

逢いたい。

喉まで、言葉が出かかった。

匠は軽く喉をあおのけ、体に溜《た》まった熱を逃すように、細く息を吐いた。

「あと……で、写真を送ります。ここは、人が通るので」

『……わかった』

社会的地位を傷つけないのが、二人の間の不文律だ。上杉も、人に見られるかもしれないリスクを冒して危ない橋を渡らせるような強制はしない。

それでも、いますぐにだ、と命じられれば拒めないだろう。もどかしかった。いっそのこと、いますぐ逢いにここに来いと命じてほしかった。

『オナニーしない命令は、ちゃんと守ってるだろうな?』

「はい。……オナニーはしていません」

質問への回答は必ず復唱する。

『乳首は?　かわいがってる?』

「はい……かわいがっています」

『匠のことだから、そんなものが手元にあったら、したくてたまらなくなるんじゃないか?』

……そう調教したくせに。

クリップが送られてきただけで涎《よだれ》を垂らしてしまう体に。その味を思い出して、触れてもいない乳首がビリビリと疼く体に。

美しいプラチナの鎖――

付けてほしい。上杉の手で。

あと三日なんて耐えられない。このまま放っておかれたら、頭がどうかなってしまいそうだ。

『どうした、急に黙り込んで。ほんとは我慢できなくてもう触ってるんじゃないのか?』

ドキッとして、無意識に太腿《ふともも》を這《は》っていた指をぎゅっと握り締めた。手の平がじっとりと汗ばんでいる。

頭がくらくらした。どうせ見えない、いじったってわかりはしない。だけど。

『でもだめだ。おれの前でしか射精はさせないよ。どうする、匠。命令を破ってオナニーするか?』

意地悪だ。それで匠がオナニーをねだれば、まだ躾《しつけ》が行き届いていないといって厳しく責めるのだ。

「いい……え。……我慢できます」

いい子だと褒められたい一心で、匠は嘘をついた。

少しだけ、沈黙があった。

『……ふーん。……ずいぶん我慢強いんだな。匠は』

どうしてか、答えを聞いて上杉は不機嫌そうだ。匠には理由がわからない。いまの答えにおかしなところがあったのだろうか？

戸惑っているうち、

『わかった。じゃあ、後で写メ送って』

「はい」

『精液、たっぷり溜めておけよ。今度うちに来るとき、それ、付けておいで』

はい……と匠は答え、指の関節を噛んだ。そうやって両手を塞《ふさ》いでおかないと、無意識にいじってしまいそうだった。

しばらくそこで頭を冷ました後、部屋に帰り、ひとりでいつものように簡単な食事をすませ、風呂に入った。そしてパジャマに着替えてから、ケースをもう一度取り出し、プラチナの鎖を手に取った。

ボタンを外して胸をはだけ、小さな乳首を指でつまみ、尖らせる。ひんやりと冷たい金具。軽くネジを絞っていくと、乳首がゆっくりと縦長に潰され、ぐみのように赤く充血していった。

じんわりと脳を浸潤するような淫《みだ》らな痛みに、匠は奥歯を食い締め、もう片側にも同じように金具を留めた。細い鎖は、二つの尖りを繋いで臍《へそ》まで垂れている。手の平にのせるとほとんど重さを感じないが、実際に付けてみると、ずっしりと量感があった。わずかでも動くとユラユラと揺れて小さな乳首を刺激し、体の向きを変える度に、火照った皮膚の上をサラサラと滑る。

その姿を携帯のカメラで撮り、上杉のアドレスに送信した。

彼はどこでこの画像を受け取るだろう。どんな顔で、こんな恥ずかしい写真を……。たまらない。

匠は、火のような息をついて、猫のようにソファに頭を擦りつけた。

その手がためらいがちにパジャマの中に伸びる。替えたばかりの下着はむっくりと膨らみ、滲みた先走りでもう湿っていた。内腿はじっとり汗ばんでいる。口の中に唾液《だえき》がたまってくる。

……触るだけ。

射精はしない。上から、ただ触るだけなら……。

湿ったクロッチを、カリ…と引っかく。

「うっ……く……」

喉がのけ反り、爪先まで電気が走った。またジワリとシミが広がる。濡れた布地が張りついて、くっきりと形があらわになっている。邪魔な布を取り去って扱きたい。擦って、思いっきり、出したいっ……。

「う、あ」

じっとりとしたペニスに手を添えると、じぃん、と痺れるような悦びが這い上った。頭が真っ白になった。

が、匠の指は、それ以上は動かなかった。

ソファに顔を伏せ、ハァハァと息を弾ませた。まだ未練げにそこを握りしめたままの指を、思い切って下着から引き抜く。そしてパジャマを直すと、胸のクリップを外し、ケースに戻してベッドに入った。

明りを消して、返事がきたらすぐに取れるよう携帯を枕もとに置いて、目を閉じた。眠れるはずはない。冷えたシーツが、すぐに燃えるような膚と同じ温度になった。

上司から、静岡《しずおか》のT市に急な出張を命じられたのは、翌日のことだ。

「週末……ですか？」

「ああ、急で悪いな。例の倉田が担当してる件なんだが、まだあいつひとりじゃ心許《こころもと》ないだろ。悪いが一緒に行って最終チェックしてやってくれ。その代わり月曜、有休取っていいから。頼むよ」

月曜に休めば結局どこかに皺《しわ》寄せが来るじゃないかとムカムカしたが、了解するしかなかった。有休を確約させてデスクに戻ると、当人が寄ってきた。

「すみません、先輩……おれが頼りないばっかりに。週末なにか予定あったんじゃないですか？」

「いいよ、それは。有休もぎ取ったから気にするな」

図体はでかいが、これで案外繊細だ。上杉の件以来、倉田が自信喪失ぎみになっていることは匠も承知している。上司も、これで万が一トラブルが起きて、倉田の名前がリストラ候補に挙がってしまうことを懸念して匠に帯同を命じたのだろう。

トイレに立つ振りをして、携帯電話を手に部屋を出た。

結局、昨日のメールに上杉から返信がきたのは明け方だった。画像を見たという短いメールだ。似合うねと褒めてくれていたが、返事が気になってほとんど眠ることもできずに待っていた匠は、そのそっけなさに悲しくなった。

少し前まで、上杉はメールも電話も頻繁にくれた。激しいプレイの翌日は体調を気づかい、逢えない日が数日続くと次回までの〈宿題〉。どんなに忙しくても匠の〈報告〉にはすぐに返事をくれ、褒めたり意地悪を言ったり、あるいはご褒美や罰を与えたりしてくれた。こんなに間があくことは一度もなかった。

壁に寄りかかり、匠は溜息《ためいき》をついた。

どうしてだろうか。ただのプレイパートナーだったときのほうが、上杉が身近だったように思う。

調教の間は、彼の行為の目的がすべてわかっていた。乳首責めはより性感を敏感にするため、アナル責めは匠から羞恥心《しゅうちしん》を奪い、服従させるため。

きつい責めに耐えれば、いい子だねと優しく抱き締めてもらえる。飴《あめ》と鞭《むち》の悦《よろこ》びを徹底的に体で覚えさせられ、泥沼にはまるようにどんどん彼に傾倒していくことは恐ろしかったが、心と体に隙間《すきま》があいたようなこんな寂しさは感じたことはなかった。

メールで、週末は仕事でだめになったことを伝えた。了解、と今度はすぐに返事が来た。

3

どうしてこう、次から次へと、思うように事が運ばないのか。

T市での所用は幸い懸念していたような問題は特にみつからず、スムーズに運んだ。その後に予定されていた地元業者との懇親会は、あちらが抱えている別の物件の工期が遅れているとかでお流れになり、おかげで夕食前には東京に着けそうだ。もしかしたら上杉に逢えるかもしれないと、心が躍った。

ところが、予定を変更して家に行ってもいいかと携帯に電話を入れてみたものの、繋《つな》がらない。事務所も自宅の電話も、留守録になっている。

「先輩、もし急いでなかったら、これちょっと覗《のぞ》いていきませんか」

メールしてみようか、だがなにか仕事でトラブルがあったのなら迷惑かもしれない……車の助手席で携帯と睨《にら》めっこしていると、倉田がフライヤーを見せてきた。

「……写真展？」

「昼めし食った定食屋のレジに置いてあったんです。おれ結構こういうの好きなんですよね」

市内のギャラリーで、若手カメラマン数人の合同展が開かれているらしい。入江の夕景や、長屋の入口に寝そべっている猫、路上で遊ぶ子供たちの写真などが載っている。

ギャラリーにはカフェが併設されているらしいので、休憩がてら立ち寄ることにした。朝からずっと運転を任せているので、少し休憩を挟んでドライバーを替わってやらなければならない。上杉には東京に着いてから改めて連絡をしてみることにした。

駐車スペースが少ないとチラシに書いてあったので、近くの駐車場を探して車を停める。どこかの店先から、日本茶を焙《ほう》じるいい香りが漂っていた。狭い路地は古い石畳が続き、レトロな写真館や、和菓子屋、料亭の瀟洒な門などが並んでいる。

ギャラリーは、真っ白な、尖った屋根の建物だった。

入口でチケットを求め、展示スペースへ進む。特有の静謐《せいひつ》な空気。素朴で柔らかな打楽器のBGM、客の静かな足音と、奥に併設されたカフェからかすかに聞こえてくる話し声が心地いい。

コーヒーの香りに誘われて覗いてみると、漆喰《しっくい》の白壁に、柿渋色の剝《む》き出しの太い梁《はり》や柱、斜めの高い天井。中庭に向かって大きく取った窓から眩《まばゆ》いほどの金色の陽が店内に差し込んでいる。天井の梁は古民家の建材を再利用したものだろう。ノスタルジックな、どこかほっとさせられる雰囲気が漂っている。

やはり古材を利用したらしいカウンターを拭《ふ》いていた若い店員が、いらっしゃいませ、と親しげな微笑みをくれた。パリッとした白いシャツにネクタイ、黒のギャルソンエプロンがよく似合って、こんな田舎町に置いておくにはもったいないような垢《あか》ぬけた青年だ。

「先にギャラリーを見せてもらいます」と、匠は軽く会釈して引き返した。入れ違いに、長身の男がカフェに入ってくる。

すれ違った二人は、数歩先で同時に振り返った。匠は目を瞠《みは》った。パンフレットと黒いコートを手に、やはり驚いた顔で匠を見下ろしているのは、上杉紀章《きしょう》だった。

「……匠……？」

「上杉先生……！」

驚いた。神戸のときといい、まさか、二度めの偶然があるなんて。

思いがけない幸運に、匠は浮き立って笑顔になった。

「偶然ですね。写真展にいらしたんですか？」

「ああ……ちょっと、つき合いで。そっちは仕事じゃなかった？」

「ええ。思ったより早くすんで、ここで休憩を取ってから帰ることに。びっくりした、まさか会えるとは思いませんでした。電話をしたんですが、繋がらなかったので……」

「ああ……マナーモードにしてあるから。申し訳ない」

態度がどこかよそよそしい。怪訝に思ったとき、

「おい紀章、なにそんなとこで立ち話してるんだ。こっちに来いよ」

さっきのウエイターがカウンター越しに声をかけてきた。匠が振り向くと、にっこりしてメニューをひらひらと振ってみせる。

あいつ、と上杉が舌打ちするのを見て、匠はさらに驚いた。長いつき合いだが、彼のそんな顔を見たのは初めてだ。

「いらっしゃいませ。どうぞお好きな席にお座りください。ご注文はお決まりですか？」

「まともに飲めるものならなんでもいい」

ぶっきら棒に云って、カウンターに頬杖《ほおづえ》をつく。匠もその隣に腰かけた。お勧めだというコーヒーを頼むと、匠にだけ手作りのクッキーが付いてきた。

「サービスです。どうぞ」

「ありがとうございます、いただきます」

「おれには？」

不機嫌な上杉に、ウェイターは笑って灰皿を差し出す。

「悪いね、それで最後。……と、そうか、煙草はやめたんだっけ」

「そうだよ。さっさと二万出せ。あのときの賭け金払ってないのはおまえだけだ」

「そんな古いことよく覚えてるなあ。もう時効だろ？」

と、ウェイターは匠に内緒話のように顔を近づけた。

「昔ね、こいつが禁煙できるかどうか賭けたんですよ。すっごいヘビースモーカーでね。ほんとに一本も喫《す》ってないです？」

「……ええ。喫煙されてたのも知りませんでした」

耳にかかる息がくすぐったい。コーヒーに砂糖を入れようとして、砂糖とミルクが自分にしか出されていないことに気づく。上杉はいつもブラックだ。匠にはそれが、彼が匠の知らない小さな好みや習慣まで知っているのだと、見せつけられたように思えた。

「お二人は、昔からのおつき合いなんですか？」

「学生時代から。金がなくてボロアパートに一緒に住んでたこともあるんですよ。卒業後こいつは軽井沢《かるいざわ》の工房に移って、ぼくはイタリアでバリスタの修業をしてから田舎に帰ってこの店を継いだんです。紀章のことでなにかあったら、いつでも相談にのりますから、云ってくださいね。色々と弱み握ってますから」

「おい、獅堂《しどう》。いい加減にしろ」

「はいはい。まったく、こいつ我儘で手に余るでしょう？」

上杉ににらみつけられて、ウェイターは首を竦める。二人の間の親密な空気は隠しようがなく、猫にだってわかるほどだ。そして、上杉がむすっとしているのは、匠が立場を弁《わきま》えずにのこのこと隣にきて、旧友との語らいを邪魔しているからだということも。

その証拠に、匠を獅堂に紹介しようともしない。さっさとコーヒーを飲んで出ていけ、という態度があまりにあからさまで、匠は斬りつけられるような、いたたまれない気持ちになった。獅堂が親切にこの辺りの名所を案内しようと申し出てくれたり、夕食に誘ってくれたのも、耳を素通りしていく。

「……美味しいコーヒーでした、ごちそうさま。お会計をお願いします」

「いいですよ。お近づきの印です」

「いえ、そういうわけには。それに領収書をいただきたいので」

たかがコーヒー一杯、いつもなら領収書を貰《もら》うまでもなかったが、いまは彼の厚意をありがたく受け取れるだけの気持ちの余裕がなかった。そしてそういう余裕のなさが、我ながら嫌になる。

会計の間も、上杉は匠を無視してパンフレットを眺めていた。せめて何時に東京に戻るのか訊きたかったが、取りつく島もない。匠が落胆してカフェを出ると、倉田が出入り口横のコーナーで真剣に土産を選んでいた。地元のアーティストが作った小物などを並べているらしい。

「ええっと、会社の皆にと思いまして……」

「……それを？」

両手に持っているのは、手びねりのマグカップとガラスの一輪挿しだ。赤面して、でかい図体でもじもじしている倉田を見て、ああと思い、

「皆には日保ちするお菓子のほうがいいだろ。椎名さんにだったら、そっちのカードも添えたら？　メッセージを書いて」

「え、ええっ？　いや、そんな、……なんて書けばいいっすかね」

「今度は一緒に来ようでもなんでもいいんだよ。彼女もおまえから誘ってくれるの、待ってると思うけど」

はあ……と照れて耳朶まで赤くなる。それを見ながら、なにをやっているんだろうな、と匠は自嘲《じちょう》ぎみに唇を歪《ゆが》めた。自分のことも思うようにいかないのに、人の恋路のアドバイスなんて。

菓子は高速のインターで求めることにし、倉田の買い物だけすませて、ギャラリーを出た。行きと違って、駐車場までの途《みち》は足が重かった。

「お、ビーグルだ。かっわいいなあ」

甘味処《かんみどころ》の前に停めた自転車に、赤い首輪をした犬が繋がれて寝そべっていた。倉田が背中を撫でてやると、嬉しそうに尻尾を振る。

「よしよし、どした、ご主人様を待ってるのか？　えらいなあ、いい子だな。おれ実家で犬飼ってるんですよ。ちっこい頃家の前に捨てられててね、こないだ久しぶりに帰ったらお袋が餌《えさ》やりすぎてデブにしちまってて。甘やかしちゃだめだって云ってるんすけど」

「……そう。かわいい？」

「そりゃもう。チビの頃から育てたんですから。アパートで飼えればいいんすけどねー。いまのトコ、ペット禁なんで。だから久しぶりに実家帰ると、やつと遊びまくりで一日終わっちゃったりして……」

でも、離れている間は、時々思い出すだけなのだ。

赤い首輪。——あの日、上杉に捨てられてしまった匠の首輪も、赤だった。気に入った色がないからと、わざわざイタリアから革を取り寄せてオーダーメイドしたあの首輪。

匠は、無意識に指で首に触れていた。

あのまま、首輪をつけられて、飼い犬のように彼の足もとでうずくまっていたなら、こんな苦しい思いをせずにすんだのだ。互いの生活には立ち入らず、恋などせず、ただプレイを楽しむだけのパートナーのままでいたら。

好きになったばかりに、こんなに苦しい。神戸の恩師のように愛する人と穏やかに寄り添える日など、自分には来ないのかもしれない。……永遠に。

ビーグルが、匠の靴の匂いを嗅《か》ぎ、臑《すね》に体を擦り寄せてきた。しゃがんで頭を撫でてやると、指をぺろぺろと舐《な》める。まるで、元気を出して、と慰めてくれているかのようだ。

それからまた地面に伏せ、飼い主のいる店内を一心に見つめはじめる。黒く濡れたつぶらな目。その忠実な眼差《まなざ》し。主人を愛することに一点の曇りもない。

その姿を見ているうちに、波立っていた心がすーっと落ち着いていくのを、匠は感じた。

……こんなふうに、あの人を愛したい。

疑わず、なににも惑わされず。たとえ上杉が、自分をどんなふうに扱おうと、邪険にしようと。ただ彼を慕い、信じていよう。そうしたら時々は、いい子だ、と上杉に頭を撫でてもらえるだろうか。

気持ちが決まると、嘘のように楽になっていった。

「ご主人様にたくさん可愛がってもらえよ。……バイバイ」

犬に挨拶して立ち上がろうとした匠の腕を、誰かが後ろから摑《つか》んだ。

戻ってきた飼い主に犬に悪戯していると勘違いでもされたのかと身構えた匠は、振り返って心臓が停まるほど驚いた。手を摑んでいたのは、上杉だった。走って追いかけてきたのだろう、軽く息を弾ませている。

「借りるよ」

と云うなり、匠の腕を摑んだままどこかへ歩きはじめる。倉田は呆気《あっけ》に取られて突っ立っていた。

「ま、待ってください、先生、いったいどうし……」

「仕事はすんだんだろ。見せたいものがある。乗って」

通りまで匠を引きずってくると、ハザードをつけて路肩に停めていたレンジローバーの助手席に押し込み、運転席に乗り込んでシートベルトを締める。仕方なく、匠も彼に従った。

「……勝手ですね」

無心に愛することをさっき誓ったばかりだが、訳もわからずおいてけぼりにされた倉田のことを考えると、どうしても一言言い返さなければ治まらなかった。帰りは匠が運転することになっていたのだ。

「どっちがだ」

と、ハンドルを切りながら、上杉がむっすりと返してきた。

「休日出勤の仕事っていうのは、ギャラリーで男といちゃついて土産を買ったり、犬をかまったりすることだとは知らなかったね」

「いちゃついてって、あれはただ……」

自分だってウェイターと、と食ってかかりそうになり、飲み込む。深呼吸して気持ちを落ち着かせた。

「あそこは休憩に寄っただけです。倉田とは、疑われるようなことはなにひとつありません。ただ、あなたにそう見えてしまったのなら……これからは注意するようにします。すみません」

「素直だな」

「………」

「謝るってことは、罰を受ける覚悟があるってことだ。わかってるよな?」

罰。――その言葉に、シートベルトの下で、乳首が尖ってくる。こんなときにも反応してしまうどうしようもない自分の体を、匠は恥じた。

「……わかっています。どうにでも、あなたの……好きなように」

「さあ、どうするか。匠はお仕置きが好きだからな。結構そっちが目当てで、わざとおれを怒らせようとしてるんじゃないの？」

「いいえ。どうしてあなたが怒っているのかよくわからない。でもおれのせいで不快な思いをさせてしまったのなら、償いをしなければならないと」

大きな橋の袂《たもと》までくると、上杉は河原の細い道に車を入れ、急に停まった。

辺りはもう陽が暮れて、真っ暗な水面《みなも》にオレンジ色の橋の街灯が揺れて反射している。いったいどうしたのか。気分でも悪くなったのかと心配になった。

上杉はハンドルに両肘をのせ、顔を伏せるようにして、苦しげな、重い溜息をついた。

「……匠。……頼むから、もう勘弁してくれ」

言葉が出なかった。

別れを切り出された。そう思った。

体が硬直し、吸い込んだ息が気管で凍りついた。

「……いつもいつも」

と、上杉は前を向いたまま言葉を続ける。聞きたくない。心臓まで凍って、このまま石になってしまうのではないかと思った。

「よくそんなそっけない態度が取れるよ」

「……え……？」

「命令しなきゃ電話もメールもくれない、神戸くんだりまでわざわざ出かけていって、久しぶりに顔が見られたと思ったら、「仕事があるから最終で帰る」。それでも、仕事だから仕方ないと我慢してたんだ。なのに暇になったって連絡のひとつもよこさない。道でばったり会っても嬉しそうな顔ひとつしない。舞い上がってるのはおれだけ。オナニーを禁止してクリップを送り付けて、これで我慢できなくなって縋ってくるかと待ってれば「メールします」──その翌日には、「週末は仕事でだめになりました」。──プレイ以外は、おれは用なしなのか？　逢いたいとか、声を聞きたいとか思わないの？　それともおれを焦《じ》らして遊んでるのか？」

「あ……あそぶ？」

面食らって、上杉に向き直ろうとし、シートベルトにガクンと引き戻された。なぜ、どこからそんな誤解が出てくるのか、見当もつかない。

「どうしてそんなこと──……え、待って。わざわざ神戸まで…って？　偶然じゃなかったんですか」

「……黒川先生の教え子だってことは知ってた。一緒に飲んだとき、やたらに匠のことを褒めちぎってたからな。先生は酔ってて覚えてなかったみたいだけど。……だから、どんなに忙しくても、あのパーティには駆けつけてくるだろうと踏んだんだ」

クソ、と唸《うな》る。

「ああ、そうだよ。毎晩悶々《もんもん》として、考えることっていったらあんたのことばっかりだ。いつ電話が来るか、夜中に訪ねてくるんじゃないか、いまどこで誰と一緒にいるのか。勘弁してほしいね。半月もほったらかした挙句におれの前で他の男といちゃつくのもだ」

「あれは……」

「わかってるよ、あのクマはただの後輩だ、ここに寄ったのも仕事のついでだ。わかってても他の男と喋《しゃべ》ってるのを見ると頭に血が上るんだ」

「………」

「……我ながら馬鹿げてる」

上杉が黙り込むと、車内はエンジンの音だけになった。

街道の車のライトが、時折二人を照らしながら暗がりを走り抜けていく。上杉は無言のまま前方を向いている。

その整った横顔は、思春期の少年のように気難しく、はにかんでいて、そして高潔だった。高潔すぎるが故に、嫉妬《しっと》や独占欲をあからさまに表現することができない。こうやって匠の前で弱みをぶちまけること自体、「支配する側」に立つ彼にとっては、痛恨の極みなのだ。

「……すみません」

「………」

「全然そんなつもりはなかったんです。ただ、あなたを困らせたくなくて……パーティの時も、本当は帰りたくなかった。なにか理由をこじつけて倉田を先に帰すつもりでした。でもお友達に誘われていたようだったし……迷惑かと……」

「そんなもの、匠と比べられるわけないだろ。遠慮しないで一言云えばいいんだよ」

「でも、さっきも邪魔をしてしまったみたいだから」

「獅堂？　あいつはどうせ昔のろくでもないことばっかり吹き込むから、会わせたくなかっただけだ」

「……一緒に住んでいたんでしょう」

「同じ下宿だっただけ。ほら、だから嫌なんだよ。だいたいあいつは、昔からおれの連れには必ず色目を使う」

「色目？」

きょとんとする匠を見て、たちまち眉が曇る。舌打ちし、

「これだからな。自覚が足りなすぎるよ匠は。……まあいい、とにかくあいつはだめだ。二度と近づくな」

まるで駄々っ子だ。だが、好きな相手の理不尽な我儘の、なんて甘いことだろう。

「わかりました。あなたがそう云うなら、そうします」

「……………」

ライトが、上杉の顔の上をすうっと流れていく。薄闇で光るくっきりとした黒目。見とれていると、手を伸ばしてきて、冷たい指が匠の首に柔らかく触れた。

「……繋いでおきたいよ」

そこに見えない輪があるかのように、そっと撫でる。

「首輪をつけて、いつも目の届くところに置いておけたらな。そうしようか、匠。昼間はおれのデスクの下で過ごして、夜は同じベッドで寝るんだ」

指の通った跡が、陽焼けした後のように熱く火照った。

この人が愛《いと》しい。胸の奥深くに、さざ波のように想いが広がっていく。上杉の指は、顎の下を通って、ゆっくりと下唇を撫でた。愛しさと羽のようなその優しい愛撫《あいぶ》を、匠は陶然と味わった。

「……用もないのに電話をするのは、迷惑かと……」

「……そんなわけない」

「仕事の邪魔をしたくないし」

「気の回しすぎだ」

「携帯、家の中でも持って歩いてました。風呂に入るときはドアの前に置いて……いつかかってきてもすぐに出られるように。でも水音で着信が聞こえないんじゃないかって気が気じゃなくて、湯船に二分以上浸《つ》かってられない」

戸惑ったように、唇を撫でていた指が一瞬強張《こわば》る。

「メールの返事が少しでも遅れると、たまらなく不安になって」

「………」

「……馬鹿みたいですか？」

匠は、固い親指の先をそっと舐め、唇に含んで、軽く噛んだ。

「……匠……」

「あなたの目の届かないところなんて、どこにもない。いつでも、そばにいない時でも、首輪をしていなくても、あなたはぼくを支配してる。束縛してる。あなたがそういうふうに調教したから。でも、ぼくがいつもあなたのことばかり考えてしまうのは、調教されたからだけじゃない」

「………」

「……好きだからです。あなたのことが」

指は唇から取り上げられ、代わりに上杉の唇が与えられた。柔らかく、何度もついばみ、じれったくなった匠が顎を突き出すと今度は息継ぎもできないほどの激しいキスに変わった。

匠は上杉の眼鏡をもどかしく片手で外し、短い黒髪をまさぐってキスに溺《おぼ》れた。

「電話を……してもいい……？」

「ああ」

「仕事の邪魔をしても？」

「邪魔にはならない、匠なら。それから？　あとは？」

なにも。匠はかぶりを振った。上杉が大きな掌《てのひら》で匠の顔を挟む。

「それだけ？　電話をして、おれの邪魔をしたい、そんなことで満足、匠は？」

「……先生……」

「紀章だ」

「紀章……」

それでいい、というように、甘く下唇を咬《か》まれる。

「紀章は……？　あなたはどうしたいのか、聞きたい」

「とりあえず帰って、めしを作って匠に食わせたい」

真剣な顔で云われたので、思わず笑ってしまった。

「それから？」

「風呂に入れて、二人で泡まみれになって、匠の手にクリームを擦り込んで」

「はい」

「匠を抱きたい」

ドクン、と。

大きく心臓が脈を打ち、停まったような気がした。

その言葉をはっきりと上杉の口から聞くのは、初めてだった。

上杉は匠のシートベルトを引っ張って締め直させると、静かに車を出し、本線に戻った。

エンジンの振動に揺すられ、停まっていた匠の心臓が再びドクンと動き出す。そして胸の奥深くからじわじわと湧き上がってきた悦びが、冷え切っていた指先を温めはじめた。二人を運ぶ高速の灯《あか》りが、すぐそこに見えていた。


ちょっと目をつぶっただけのつもりだったのに、いつの間にか熟睡してしまったようだ。肩を軽く揺すられて目を開けると、車はもう見慣れた庭先に着いていた。まるで空間をワープしてきたみたいに、間の記憶がない。

「すみません、途中で運転替わるつもりだったのに」

「いいよ。疲れてたんだろ、ぐっすり寝てた。すぐめしにする?」

「あ……はい」

まだ頭がぼんやりしている。いつの間にか膝《ひざ》にコートを掛けてくれていた。

一日中火の気《け》がなかった家の中は、空気が冷たく湿っている。上杉がリビングルームのストーブに火を入れ、夕食の支度をしはじめる。その間、いつも匠はすることがない。一人暮らしも長いし多少は料理もできるのだが、「指でも切ったらどうする」と妙に心配性な上杉が包丁に触らせてくれないのだ。

匠は荷物を置くと、上着を脱ぎ、ワイシャツの袖を捲りながらキッチンに入っていった。

「匠？」

「手伝います。包丁には触りませんから」

冷蔵庫から出したフルーツトマトを受け取り、シンクに運ぶ。

彼が自分にしてくれるように、自分も彼になにかしたい、という気持ちを伝えたかった。余計なことはするなと叱られてしまうかもしれないとドキドキしたが、意外にも上杉は優しく微笑し、別の意味で匠をドキッとさせた。

上杉が赤ワインを開けた。飲みながら、並んで食事の支度に取りかかる。初めての経験の楽しさと、この後に待っていることへのわずかな緊張に気持ちが高揚して、互いにいつになく饒舌《じょうぜつ》だった。

冷凍してあった牛テールの煮込みと、生ハムのブルスケッタ、切ってオリーブオイルと黒《くろ》胡椒《こしょう》をかけただけのトマトとルッコラのサラダ。匠は生ハムとルッコラの残りで簡単なパスタを作り、塩加減が絶妙だと上杉を唸らせた。

ゆっくりと、いつになく時間をかけて食事が進んだ。

「……あ」

ワインの残りをグラスに注ごうと伸ばした手が、同時に伸びてきた上杉の指と触れ、思わず引っ込めた。意識しすぎている自分に、顔がうっすら赤くなるのがわかる。

すると上杉の手が追ってきて、テーブルの上で匠の指を握った。

「見せたいものがある。おいで」

手を繋いだまま廊下へ出る。そして上杉が背中に回ると、両手で匠の目を塞いだ。

「ゆっくり、前へ。三、四歩……あと二歩。止まって」

家の間取りはよく知っている。キッチンと居間のすぐ隣が寝室とバス、北側はすべてアトリエだ。廊下を西に進んできたから、寝室のドアの前だろう。

不安と期待が、胸の中で渦巻く。

ドアが開き、照明を点ける音。上杉がゆっくりと手をどけた。耳もとで囁く。

「いいよ。目を開けて」

匠は緊張の息をひとつつき、そっと瞼を開いた。

淡いオレンジ色の明りにくるまれたベッドルーム。その中央に、真新しいダブルベッドが置かれていた。

上杉紀章作品ならではの、シンプルで優美なフォルムだ。曲線的な四隅の支柱は、運河に浮かぶゴンドラを思わせる。

ああ……と匠は思わず感嘆の溜息をついた。

「新作ですね……D展の出品作ですか？」

「ああ。でも仕上げがまだだ」

「どこか気になる点が？　ぼくには完璧に見えます。楽器のようにきれいだ」

「まだ色気が足りない」

色気？　訝《いぶか》りつつ顔を見ると、上杉はうっすらと意味深な含み笑いをしていた。

「こんな話、知らないか？　ストラディヴァリは自分の作ったバイオリンに仕上げのニスを塗った後、一晩夫婦の寝室に置いたっていう。嘘か真か、そうしたのとしなかったのとじゃ音色の艶っぽさがまるで違ったらしい」

「あ……」

耳殻の形を爪で軽くなぞられ、匠は思わず声を出した。

上杉の意図を察して、顔が熱くなる。

「……紀章。待って……出品前の作品で、そんな」

「余計なことは考えなくていい。今夜の匠のために作ったベッドだ。うんと乱れろ。匠は、こいつにたっぷりいい声を染み込ませてやることだけ、考えてればいい」

上杉は匠の手を取り、荒れてしまった指先にキスした。静かな、だが有無を言わせぬその眼差しと口調に、匠はぞくっと震えた。

抗《あらが》えない。

常識も、意志も、体も、なにもかも自分のものであることを放棄し、すべてを預けて支配されることの、息が詰まるような悦びに。

ネクタイが解《ほど》かれ、二人の足もとに落ちた。ワイシャツのボタンとベルトがすべて外され、両手を背中で組むように命じられた。

服従の姿勢だ。人間は急所を曝《さら》すことに本能的な恐れがある。完全に信頼している相手の前でなければ、感じるのは怯《おび》えと不安だけだ。

匠は、あなたのものです、かわいがってくださいという意味を込めて、柔らかな喉と胸を敢《あ》えて曝し、上杉を見つめた。

上杉は満足げに目を細めた。

ツ…、と臍の上に指先を置き、焦らすようにゆっくりと、平たい腹部の中心を撫で上げていく。そして胸で止まり、小粒な乳首をやんわりと摘《つま》んだ。匠が期待にキュッと唇を閉じると、猫柳の芽の手触りを楽しむように、やわやわと指の腹をこすり合わせた。匠は小さく喘ぎ、後ろに組んだ手を握り合わせた。指が離れる。匠の体からふっと緊張が抜けたのを見計らい、キリッときつく捩《よじ》られた。

「い、ああッ」

不意打ちに、匠はかぶりを振った。乳首を引っ張られ、そのまま前のめりになった体を、片手で乳首を摘んだまま、ぐいっと後ろに引き戻す。そして今度は芽から包皮をこそげ落とすようなきつさで揉み込み、匠の腹筋が快感でビクビクとわななく様を、じっくりと視姦《しかん》した。

「わかってるよ。優しいだけじゃ、匠は物足りないだろ？」

「……あ……」

「返事は。匠」

キンッ…と耳鳴りがした。

呼吸が狭まり、頭の芯が、酔ったようにクラクラしはじめる。いたぶられ、虐《いじ》められることで感じる体。それを恋人にあまさず受け容れてもらえる悦びに、どれほど飢えていたか。

匠は陶然となって、声をかすれさせた。

「……は……い」

「よし。いい子だ。……ベッドへ」

固めのスプリングは、膝を立てて四つん這いになっても、ほとんど沈まない。かといって固すぎることもなく、膝や肘にほとんど負担がかからない。

上杉の手で、両手首に革素材の枷《かせ》が着けられ、鎖がヘッドに繋がれる。ヘッドの支柱は鎖の先端の輪がちょうどかけられる太さだ。オーダーメイド。この初夜の褥《しとね》は、本当に匠のためだけに作られたのだ。

「ん、あ……」

高く上げさせられた尻に、太腿に滴るほどのたっぷりの量のジェルが塗り込められた。シーツの下まで染みてしまうことを一瞬懸念したが、余計なことは考えるなという上杉の言葉を思い出し、頭から追い払う。すると、さらに奥まで塗り込めるために、上杉の長い指がぬるっと入ってきた。

「……あ……あ……」

クチクチと淫靡な水音が響く。恥ずかしさと圧迫感に、シーツに顔を埋《うず》め、浅い呼吸をくり返した。

浅ましく根元まで指を咥《くわ》え込んで悶《もだ》えている尻を、上杉に見られている。

「スケベだな。この尻は」

恥ずかしい。たまらない。もっと見て、いじめてほしい。指だけで極めてしまいそうだ。

「ま、待っ……あ、あ、待って」

「なんで？　痛くないだろ？　とろけて吸ってるぞ。ぐちょぐちょだ」

「あぁ、ちが、ポケット……」

脱ぎ捨てられたスラックス。上杉はシーツで濡れた手を拭いて、ポケットを探り、ふと笑った。ベッドに戻ってきた彼の手には、プラチナのニップルクリップが握られていた。

色づいた乳首を摘み、金具で挟む。じわじわと加えられていく甘い圧力。鎖が垂れ、サラサラと宙に揺れる。重みに加え、指を絡めてクイクイと引っ張られると、匠はたまらず腰をくねらせ、啼《な》き声をあげた。

「やっぱりこの色にしてよかったな。よく似合ってる。メールの画像だと微妙な色合いまではわからなかったけど」

「あ、あっ……だめ、痛い」

「痛い、どこが？」

「む、胸……」

「気取るな。乳首だろ」

「ひッ……乳、首、です。痛くない、気持ちいい。乳首、いいっ」

「そうだ。匠は乳首でいっちゃえる変態だよ。自分でシャツくり抜いて、セルフ露出をしてたくらいだからな。まさか、あの清純派の嘉島さんが、仕事中にあんな恥ずかしいことをしてたなんてな」

「いやだ、あぁ、そんな、忘れて、云わな……いで」

「だめだ。忘れられない」

鎖を指に絡め、引っ張る。クリップに嚙まれて伸びきった乳首は充血し、その痛みに匠は呻《うめ》き、シーツを蹴《け》って悶えた。その悶えと怯え、それを上回る快感に染まった整った顔を、陶酔した眼差しで上杉が見下ろしている。

「何度も想像した……。こうやって悶える匠を。ベッドに縛りつけられて、いじめて、犯してくださいって、おれに泣いて頼む。何度も、何度もだ」

「あっ、あっ、あっ！」

右、左、と自在に鎖を引っ張られ、いたぶられる。痛い。痛い。痛い。なのにどうしてこんなに感じてしまうんだろう。痛みと快感に全身から汗が噴き出す。カチカチに固くなった性器は天井を向き、愛液を垂らして悦《よろこ》んでいる。

上杉はそのぬるぬるした液体を指にすくい取ると、匠の唇に塗りつけた。

「どうだ、自分の味は。こんな痛くて恥ずかしいことされて、こんなにベタベタに濡らして。ほんとに匠はマゾだな」

匠は顔を真っ赤にした。自分の淫らさが惨めで、けれどもそんな惨めな自分を、上杉の前にすべて曝していることが幸せだった。上杉の前ではなにも取り繕う必要はない。痛みと羞恥にただ鳴き、喘ぐだけの獣になってもいいのだ。

自ら舌を差し伸べて上杉の指にしゃぶりついた。舌の上に広がる自分の味が惨めで、よりいっそう夢中になった。

そんな匠の痴態に興奮したように、挟まれてくびり出された乳首を、上杉はクリップごときつく捻《ひね》った。

「あああぁッ！」

「いい声だ。匠。もっと啼けよ」

「いい、いいっ！　痛いのがいいっ……好き、ああ！　おかしくなるっ」

「おかしくなれ。おれの前ではどんなはしたない姿も見せろ。おれにだけ、本当の匠を見せるんだ。いやらしいところも、惨めなところも、はしたないところも全部」

「紀章っ……」

キスして欲しいと瞳《ひとみ》で訴える。上杉は愛しげに目を細め、くちづけた。熱い舌が絡まる。匠は彼の唾液を夢中で貪《むさぼ》り、啜《すす》った。

キスしたまま尻に右手が回り、アナルの周りをやんわりと揉みほぐす。たっぷりと塗り込められたジェルは溢《あふ》れて滴り、シーツに染みを描いていた。まるでお漏らししたかのようだ。その上、秘められた部分を上杉の指で嬲《なぶ》られる恥ずかしさと強烈な快感に、たまらずに匠は腰をくねらせた。頭の中が真っ白に染まっていく。

「あ、ああ、し……して」

「なにをしてほしい。ちゃんとお願いしろ」

「いじめてくださいっ……」

掠《かす》れ声で、はっきりと匠は叫んだ。

「いじめて、めちゃくちゃに、して。犯してくださいっ……」

めちゃくちゃなキス。唇を合わせたまま、胸につくほど膝を折りたたまれる。

「おれのものだ……」

余裕を失った低い囁きが聞こえたと思った刹那《せつな》、灼熱《しゃくねつ》の、太い楔《くさび》が一息に貫いた。

「あ——あああ……」

苦しい。だが、加減もなく律動がはじまると、たちまち快感に変わった。勃起したペニスから涎が滴り、意地の悪い上杉が根元を握りしめて射精を阻む。

上杉の胸から、ぽたぽたと熱い汗が垂れてくる。クリップに挟まれて充血した尖りを舌先で嬲り、前歯で細い鎖を噛んだまま腰を突き上げる。

「ひっ！」

激しい律動とともに、鎖が引っ張られ、容赦なく両胸もいたぶられる。塞《せ》き止められたままのペニスが上杉の下腹で擦れる。あまりの快感に、赦《ゆる》してくださいと匠は泣いて懇願し、また次の瞬間には、もっと、と啼いて懇願した。

「たまんないっ……いいっ……」

シーツを摑んでいた指に上杉が手の平を重ね、ベッドに縫い止める。汗ばんで滑っては、握り直し、鎖を噛んだままくちづけした。

「匠っ……」

「い——い、いいっ、ああ、いくっ……」

握り合った手にぐっと力がこもった。

幸せだった。

これほど激しく誰かに求められたことはなかった。これほど激しく誰かを求めたことも。

穏やかに寄り添っていた老夫婦の姿が一瞬脳裏をよぎる。歳をとって、あの二人のようになれるまでには、きっとこれからも小さなすれ違いや、つまらない諍《いさか》いをくり返していくのだろう。

でももし自分の中に彼を疑う影が芽生えるようなことがあったなら、そのときは今夜のことを思い出そうと、匠は誓った。

こんなにも深く、愛されていることを。愛していることを。

二人はほとんど同時に絶頂を極め、弛緩《しかん》し、唇を重ねて互いの呼吸を奪い合った。そしてまたどちらからともなく求め、どろどろに熔けては再生し、きりもなく何度も昇り詰めていった。

寝室がもとの静寂を取り戻したのは、明け方近かった。窓の外の果実をついばみにきた雀《すずめ》たちのさえずりで、どちらかがふと目を覚ましたが、傍らに眠る恋人に腕を回して寄り添うとまた目を閉じ、深い眠りに引き込まれていった。

MILK

『件名／ご命令を実行しました』

ほんの出来心だったのだ。

『愛するご主人様。

Ｍ奴隷のＭＩＬＫです。先日のご命令を実行しましたので、ご報告します。』

まるで「見てください」と云《い》わんばかりにフリップを開いたまま、誰もいない準備室の机に置いてあった携帯電話。でもだからって他人のメールを勝手に見ていいわけがない。それくらいの常識はあつむだってわきまえている。……はずだった。

なのに。あつむの手は、磁石に吸いつけられるみたいに勝手に動いて、メニューを選択した。

『朝食をすませた後、服を脱いで、ご命令通り全裸になりました。

それから鏡の前に四つん這《ば》いになり、両手でお尻《しり》を拡げて、いつものように「先生、今日も淫乱《いんらん》なＭ奴隷のＭＩＬＫを、どうぞ調教してください」とご挨拶《あいさつ》しました。

そうすると、鏡の中から本当に先生がご覧になっているみたいで、ぼくのいやらしいオチンチンは早くもぴくんぴくん反応してしまいました。』

携帯電話の持ち主は、数学の上杉《うえすぎ》。教師の平均年齢が五十代のこの高校では、一番若い教師だ。

背が高く、眼鏡とネクタイの趣味は少し野暮ったいけど、すらっとした男前だ。いつもにこにこしていて、女子からは温和な雰囲気が「なんかかわいー」と、男子からは、他の教師なら即ペナルティの校則違反も見逃してくれたりするところが「話がわかるやつ」と慕われ、授業も面白くて人気がある。

だから放課後になると、第二校舎の数学準備室は、いつも上杉を慕う生徒が入り浸っていた。「質問があれば遠慮なくいつでもおいで」と常々云ってるからだ。あつむも、そんな常連の一人だった。

『歯磨粉を一センチくらい指に取って、オチンチンになすりつけました。初めはヒヤッとして、それからスーッとしました。それを何度もくり返しているうちに、段々と、熱くなってきました。』

上杉は不在だった。

準備室は教師三人の共用で、八畳ほどの縦長のスペースに、事務机やキャビネットが並んでいる。入口のホワイトボードに、「三年職員会議・十六時〜」と書いてある。上杉以外は三年の担任だったはずだから、会議に出席しているのだろう。

上杉の上着は椅子《いす》の背にかかったままで、飲みかけのコーヒーと、携帯もそのままだ。トイレにでも行っているのだろう。あつむは勝手に中で待たせてもらうことにした。

『全体に塗りつけ終わる頃には、カーッと燃え爛《ただ》れるようになっていました。袋や、太腿《ふともも》の付け根までジンジンと痺《しび》れて、その刺激でオチンチンはもう半勃ちになってました。皮の下で、血管がぴくん、ぴくんって膨らんでくるのがわかりました。』

小学生のとき分数で躓《つまず》いて以来、数学はあつむの鬼門だ。数字の羅列を見ているだけで、上と下の瞼《まぶた》が自然とくっついてしまう。一年のときは、あまりの成績に担任から「このままじゃ付属の進学は無理だぞ」と脅されてしまったほどだ。

あつむが変わったのは、二年になって、上杉に教えてもらうようになってからだ。母親が「そんなに詰め込むと脳みそが耳から出ちゃうわよ」と心配するくらい、毎日猛勉強した。おかげで成績も緩やかながら上昇している。代わりに他の教科が少しだけ落ち込んだけれど。

『ハアハアと息が乱れました。扱《しご》きたくて、オナニーしたくて、たまらなかったです。

鏡の前で、このジンジン痺れているオチンチンを思いっきり扱いたら、きっと脳みそがとけちゃうくらい気持ちがいいだろうって……ぼくは思わず、「ご主人様ぁ……」って、おねだりするみたいに腰をくねらせちゃいました。

先生がそばにいたら、「やっぱりＭＩＬＫはスケベな子だね」って、お仕置きされてしまったかもしれません。』

でも、上杉にとっては、あつむはたいして出来のよくない、単なる教え子の一人でしかない。その証拠に、これだけ入り浸っているのにメールアドレスも教えてくれない。尤《もっと》もそれはあつむだけじゃなく、他の生徒も同様だったけれど。

上杉はまだ戻ってこない。つまらなくなって、溜息《ためいき》をついて窓から夕暮れに染まる校庭を見下ろしたそのとき。机の上で、上杉の携帯にメールが着信したのだ。

誰からのメールだろう。学校の外で、どんな話をしてるんだろう。――ほんの些細《ささい》な好奇心。後ろめたさに、あつむの鼓動は激しく乱れた。

『右側の乳首を、先生にこの間買ってもらった赤い糸で、きつく結びました。』

受信ボックスの件名を見ると、「ＭＩＬＫ」からの「ご報告」ばかり、何十もズラッと並んでいる。

『先生がかわいがってくれるので、ぼくの乳首は、このごろすごく感じやすくなっています。(ご命令を守って、毎日欠かさずお風呂で三十回ずつマッサージもしてます。)』

あつむは、ごくんと生唾《なまつば》をつっかえながら飲み込んだ。

『右乳首を縛った糸をピンッと張って、左側も結びました。キュッと糸を締めると、オチンチンがぴくぴくっとして、先っぽから、熱くてトロッとしたのが垂れてしまいました。』

あつむの下腹に、じわっ…と熱が広がった。

『このまま学校へ行ったりしたら、どうなってしまうんだろうって、考えただけで心臓がどきどきしました。』

心臓がきゅうっと締め上げられたみたい。

『だって下着に歯磨粉がべったりついてしまうし、匂《にお》いもするかもしれないし。乳首が制服のシャツに擦《こす》れて、飛び上がるほど感じるし。』

震える指で次々ページをスクロールしていく。口の中がカラカラだ。

『バスの中で勃起しちゃったらどうしよう。もしクラスの奴にバレたりしたら……。けど、そんな恥ずかしい想像しただけで、淫乱なＭＩＬＫは、』

「……なにをしてるんです？」

あつむはメールに夢中になっていた。だから、気づかなかったのだ。いつの間にか、音も立てず、上杉が背後に立っていたことに。

「いけませんね。人のものを勝手に覗《のぞ》いたりしては」

眼鏡の奥にある上杉の両目が、見たこともない冷ややかな光を宿して、あつむをじっと見下ろしていた。

1

「あつむー？　んなとこでなにやってんの。上杉ちゃんが数学準備室まで来いって全校放送で呼び出しかけてたぜ」

「わっ……しーッ、しーッ」

薄っぺらい鞄《かばん》をお腹《なか》に抱え、つつじの植え込みに身を隠しつつアヒル歩きでヨチヨチと通用門を目指していたあつむを呼び止めたのは、幼なじみの博明《ひろあき》と美香《みか》だった。

掃除当番の二人は、校舎裏のゴミステーションに用があったらしい。二人でひとつのゴミ箱を両側から持って、慌てふためくあつむを怪訝《けげん》そうに見下ろしている。

「しーッて、なにおまえ。ばっくれる気かよ」

「ばっくれるってなにを？　あっくん、呼び出されるようなことなにかしたの？」

おっとりと小首を傾《かし》げる美香に、博明が呆《あき》れたように首をすくめる。

「補習だよ。小テストで二回連続赤点だったから。あんなチョロいテストで八十点以上取れなかったの、あつむだけだぜ」

「うっせー、悪かったな。ほっとけよ」

小学校まではピーピー泣きながら後ろをくっついてきたくせに、いつの間にか勝手に自分の背丈を追い越してしまった幼なじみ二人を、来海《くるみ》あつむは恨めしげににらみつけた。ゴミ捨てに通りかかった生徒がちらちら見ていくので、膝《ひざ》は抱えたままだ。

勝ち気そうな真っ黒い二つの瞳《ひとみ》に、今時珍しいくらい真っ黒で素直な髪。一七十センチ足らずながらスリムで敏捷《びんしょう》そうな体つきで、整った顔立ちは、高二男子にしては少しばかり童顔だ。今年の入学式で新入生と間違えられてから、毎日欠かさず一リットル飲んでいる牛乳も、今のところ捗々《はかばか》しい成果をあげていない。

「調子悪かったの？　上杉先生が担当になってからは赤点なかったのに」

「どうせケアレスミスだろ。ぼけっとしてて解答欄間違えたとか。あつむ、昔から肝心なとこでぬけてるからな」

「ヒロくん。ぬけてるはよけいだよ」

めっ、と美香がかわいらしく上目遣いする。

「あっくん、サボるんならいっしょに帰ろ？　カバン取ってくるから」

「いーけど、早くな。上杉に見つかる前にバスに乗らないと……」

と、職員室を振り返ったあつむは、慌てて首を竦《すく》めた。渡り廊下を、ひょろっと背の高い男が近づいてくる。

あつむが植え込みの中に隠れるのと、上杉がゴミ箱を持った博明と美香に気づいて話しかけてきたのは、ほとんど同時だったと思う。

「二人とも、来海くんを見かけませんでしたか?」

髪の毛に枯葉をくっつけて、あつむは必死に二人に指でバツ印を作った。

「さっきも全校呼び出しかけてたけど、補習ですか? あつむ、小テストの点数悪かったっていってたけど」

ええまあ、と上杉は苦笑した。

「放課後約束してたんですが、昨日も逃げられてしまったので……参りましたね。嫌われてしまったのかな。このごろ、授業も上の空だったし」

「そんなことないよ。気にしないで、先生。あっくん、多分なにか用事があって急いで帰っちゃっただけだと思います」

「だといいんですが……。ああそうだ、悪いけどプリントを届けてもらえませんか。補習で使おうと思って作ったので」

「え、わざわざあっくん一人のためにプリント作ったの?」

「ええ。彼は基礎の飲み込みは早いんですが、応用が苦手みたいでね。でも読解力は優れているので、コツさえ摑《つか》めばもっと成績が上がるはずなんです。だから少しでも手助けができないかと思いまして」

「ふーん。センセー、あつむのことそんなに考えてくれてるんだ」

「もちろんですよ。せっかく最近は成績も上がってきていたのに、もしこのまま期末テストが芳しくなくて、付属大学の推薦に響いたりしたら大変でしょう。なんとかそれだけは避けたいと思っているんですが……いや。それもこれも、ぼくの力不足ですね」

ふう、と力なく溜息をつく。

「帰りに準備室にプリントを取りにきてもらえますか。補習は免除すると、彼に伝えてください。もしわからない箇所があれば、いつでも質問してくれるように……」

「あ、待った、センセー」

渡り廊下を戻りかけた上杉を、博明が呼び止める。

「あつむとおれと美香って家が近くて、ガキの頃はまとめて育てられたんだけど、あつむってめちゃくちゃ逃げ足が早くてさ。おれと美香がおとなにゲンコもらっても、隠れちゃって出てこないの」

「うん、そうそう。あっくん、隠れんぼも上手だったよね。でもお菓子を置いておくと、我慢できなくてふらふら出てきちゃうの」

「そうそう。あつむんちのオバさん、よくその手を使ってた。――ってわけだから先生、こいつのこと呼び出すなら、今度から餌《えさ》で釣ったほうが早いぜ？」

と、云うや否や。博明はまるで捨てられた仔猫《こねこ》を段ボール箱からつまみ出すようにあつむの制服の襟首《えりくび》を摑まえると、ひょいと持ち上げ、ハイどーぞとばかりに上杉の前に突き出したのだ。

「てめっ……博明、この裏切り者っ！　それでも親友かよ！」

「親友だからおまえの将来を心配してんだろ」

「美香も、ちゃんと補習受けたほうがいいと思う。三つ赤点取ると付属に行けなくなっちゃうんだよ？　三人で一緒に大学に行こうって子供の頃約束したじゃない」

う、と言葉に詰まったあつむに、美香はさらに畳みかける。

「あっくん。こんなに心配してくれてる先生から逃げ回るなんて、男らしくないよ」

「そーそー。往生際が悪いぞ。そんじゃ、センセ。あとよろしく」

ハイ、と悪さをした猫の仔みたいに差し出されてしまったあつむに、上杉は、にっこりと笑いかけた。

「じゃ、準備室に行きましょうか。だいじょうぶ、いじめませんから。……ね？」


これからは、どんなことがあったって、人のメールや手紙は絶対に読まない。まして好きな人のはなおさらだと、あつむは固く心に誓った。小テストの惨憺《さんたん》たる結果も、あのメールを読んでしまってからっていうもの、気になって気になってなにも手につかなかったせいなのだ。

「できましたか?」と、スチール机に並んでプリントを作っていた上杉がこっちを向いたので、あつむは慌ててプリントと向き合った。

「……まだ」

「わかるところまで自力でやってみてくださいね」

「わかってるよ」

横から覗き込もうとする彼から、さりげなく体を離しつつ、左腕でコソコソとプリントを囲う。二人きりの準備室。いつもなら嬉《うれ》しいはずなのに、今日は息が詰まりそうだ。

こうなったら、さっさと終わらせてしまうしかないと問題に取りかかろうとしても、数字の上に例のメールがちらちらして、ちっとも集中できない。

あつむは、シャーペンの尻にかじかじと歯を立てた。

だいたい、先生はなにを考えてるんだろう? あんなメールを読まれたのに、特に口止めもせず、ただ「プライバシーの侵害ですよ」と注意しただけ。あつむが誰かに喋《しゃべ》るとは考えなかったんだろうか? あんなエロメールをやり取りしていると広まったら、たとえ噂《うわさ》だって困るだろうに。

それとも、あつむのことを、あのメールの意味もわからないほどガキだと侮ってるんだろうか?

それとももしかして、あれは誰かのイタズラメールで、あの「ご主人様」とか「先生」っていうのは上杉のことじゃないのかも……？

デスクに移ってプリントの続きを作りはじめた上杉を、問題を解くふりをしながら、ちらちらと盗み見る。

鼻が高くて、顎《あご》から耳の下にかけての輪郭がシャープだ。理知的で、穏やかな目もと。あつむの兄と同い年だが、腹も出てないし、全然オヤジっぽくない。とてもあんなエロいメールをしているようには見えない。

いつもプレスのきいた清潔なシャツやハンカチを身に着けているから、恋人と同棲《どうせい》しているんじゃないかって噂もあった。上杉の両親は既に他界し、家族は弟がひとり、東京にいるだけだ。だけど、シャツにアイロンをかけていたのは、本当は彼女じゃなくて——

——『M奴隷MILKです。』

ガキッ。

「いでっ」

……シャーペン噛《か》みすぎた。

それを見ていた上杉が、ぷっと噴き出した。

「ああそうだ、甘いものがありますよ」

上杉は椅子をくるりと回転させて、後ろの冷蔵庫を開けた。各準備室には飲み物や弁当などを入れておくための小さな冷蔵庫が備えつけられている。

「昼間差し入れに生菓子を頂いたのが余ってるんです。よかったら片付けていきませんか？」

「……いい。いらない。腹減ってない」

「そう？　さっきからシャーペンのお尻を齧《かじ》ってるから、お腹が空《す》いてるのかと思った」

パタンと扉が閉まる寸前、黄色っぽい箱がちらっと目に入った。シュークリームだ。家の近所にもチェーン店ができた。

……おいしいんだよな、あれ。周りがサクサクで、バニラビーンズ入りのカスタードがこれでもかってくらいたっぷり詰まってて……。

はっと気がつくと、涎《よだれ》を垂らしそうな顔で未練がましく冷蔵庫を見つめていたあつむを、上杉がにこにこ見ている。

「それが終わったらお茶にしましょうね」

「……食べないってば」

バツの悪さに、あつむは怒ったようにシャーペンを握り直した。そりゃシュークリームは大好物だけど、とてもじゃないが今はまったりお茶なんかできる気分じゃない。

と、頬杖《ほおづえ》をついていたあつむの前から、すっとプリントが引き抜かれた。

「ちょっと話をしませんか」

上杉は、プリントを裏返し、スチール机の端に腰かけた。あつむも仏頂面でシャーペンを転がす。

「……話って？」

「どんなことでも。質問があるなら受け付けますよ。そんなに気もそぞろじゃ、歯形ばっかり増えて問題に集中できないでしょう」

シャーペンの尻にくっきり歯形がついている。あつむは口を尖《とが》らせた。

「べつに、質問なんてないです」

「ふぅん？　そう？」

ふっと上杉の手が持ち上がる。あつむが肩をビクッとさせたのを見ると、眼鏡の奥で、おやおやと目を細める。

「参ったな。なんだか、そこまで嫌われると、バイキンにでもなった気分なんだけど」

「そ……そういうわけじゃ……ないけど」

根が素直で単純なたちだから、そんなふうに云われると、あつむも困ってしまう。

援助交際やセクハラで逮捕される教職者があとを絶たない昨今、あつむだって、聖職なんて言葉が生きていると思ってはいない。だけど、上杉だけは、一番そういうことから遠いと思っていたのだ。きっと美人の彼女がいて、そのうち結婚して、子供の写真を定期入れに挟むような普通のオヤジになっちゃうんだろうなって。

……そう思っていたのに。

「あれって……」

あつむはきゅっと眉《まゆ》をひそめて、上杉を見つめた。

「あのメールって、なんかの間違いだろ？　先生はあんな……変態じゃないよな？」

「変態？」

さて、と上杉は首を捻《ひね》り、シャープな顎を撫《な》でた。

「変態ねえ。あのメールのどこが変態ですか？」

「どこがって。だって、奴隷とか、ご主人様とか……変態のやることだろ、SMなんて。縛ったり、鞭《むち》で叩いたり、靴で踏んづけて蠟燭《ろうそく》垂らしたりするなんて」

「ほう。君は、男同士だっていう部分は構わないわけですか？」

かあっと顔が赤くなった。君もそうなんですか？　と暗に訊《き》かれた気がして。

「か、構わなくはないけど」

「SMっていうのは、ある種の頭脳プレイですよ。それにMILKを叩いたり、蠟燭を使ったことはありません。そういう欲求もない。もちろん、愛奴が望めば応えないこともありませんが」

「……アイド？」

「愛奴。愛《いと》しくて、とてもかわいがっている奴隷のこと」

どうしてか、あつむの頬はまた熱くなった。

「ふ……ふーん……」

「一口にＳＭといっても、嗜好《しこう》は人それぞれです。縛ったり苦痛を与えたりするのはＳＭの基本ですが、意味もなくパートナーを痛めつけているわけじゃない。まあ、お仕置き程度のスパンキングはしますけどね」

「スパン……？　なにそれ」

「簡単に云えば、叩くこと」

あつむが目を丸くして絶句するのを見て、上杉は愉快そうに唇の端をちらっと上げた。コーヒーをマグカップに注いで、椅子に腰かける。

「ＳＭプレイはね、互いの同意は勿論、信頼がなければ成り立たないんです。相手に本気で抵抗されたら、殴って押さえつけるか薬でも使わない限り、手首を縛るのだって難しいですよね？　でもそれはＳＭじゃない、ただの暴力になってしまう。Ｍ……つまり縛られる側だってそうです。パートナーに全幅の信頼をおいていなければ、安心して体を拘束させたりできませんからね。だって裸で縛られてしまったら、どんな危険なことをされるかわからないでしょう？　口を塞《ふさ》がれたら悲鳴も出せませせん」

「う、うん……」

「だからＳ……いじめる側には、Ｍを守る義務があるんです。合意のないプレイはしないし、パートナーの体力や精神力には常に注意を払う。ただ縛るだけだって、ちょっとした力加減で血流や神経を圧迫して後遺症が残ったり、場合によっては死ぬことだってあります。調教中に与えた課題ができなかったときや、反抗したときには罰を与えますが、ご褒美もたっぷりあげる。SがMをいじめるのは愛情表現なんですよ」

あつむはどんどん下を向いていった。こんな言葉が、上杉の口から出てくるなんて。耳朶《みみたぶ》がかっかと熱を持っている。

「それに、昨今ノーマルとアブノーマルの差なんて、トンカツにソースをかけるか芥子《からし》もつけるかどうか程度の違いでしかないでしょう。最近では、スカーフで彼女の手首を軽く拘束してエッチするくらいのこと、誰でも一度くらい経験してますよ。君だってやったことあるでしょう?」

「え!?」

「ないの?」

「あ……あるよ。それくらい」

……ない。

それどころかセックスだってまだだ。だがあつむにも男のプライドがある。

しかし上杉は、全部お見通しですよとでもいう笑みを浮かべ、

「で、どうでした?」

「……どんなって……べつに」

ぐしゃぐしゃとプリントの裏に丸を書く。

「そんな……わかんないよ。おれが縛られるわけじゃねーもん」

「じゃあ、試してみますか?」

パキッ、とシャーペンの芯《しん》が折れた。

上杉はいつものおっとりとした顔で立っている。あんまり普通だったので、「よく効く風邪薬があるけど試してみる?」とでも云われたような感じだった。

「そっ……冗談、やだよそんなの」

「どうして。怖い?」

「……っていうか……痛いのやだし」

「道具は使わないし、痛くもなくても?」

道具を使わないで……縛る?

「そう。約束しますよ。それどころか、お互い指一本触れない」

「んなことできるわけ…………どうやって?」

「さあ、どうやってでしょう」

「なんだよ、そこまで云って狡《ずる》い。教えろよ」

「言葉遣いが間違ってますね。人にお願いするときには、ちゃんと云い方があるでしょう。どうするって幼稚園で習いました?」

「……教えてください」

ぶすっとして言い直すと、よくできました、というように上杉は微笑し、冷蔵庫の扉を開けた。

取り出したのは、あの黄色い箱。上杉は紙ナプキンで大きなシュークリームをひとつ包んだ。それからあつむの目の前に座ると、云った。

「はい、あーん」

「……先生。ふざけてんなら、おれ帰る」

「勿論《もちろん》ふざけてませんよ。毒は入ってないから。あーん」

むぅ、とあつむは上杉の顔を軽くにらんだ。どうしてSMの話からシュークリームが出てくるのか、さっぱりわからないけれど、とりあえず毒は入ってないっていうし。

「……あーん」

わけもわからないまま、シュークリームのほうに視線を移し、おずおずと唇を開いて、白い歯の間に黄金色の皮を迎え入れようとしたあつむは、

「ストップ」

その寸前、口を開けたままお預けを食らった。

「視線はこっちに」

上杉は自分の目を指さした。

「先生の目を見て食べなさい」

「えー？　食べづらいよ」

「口答えしない。口までちゃんと運んであげますよ。ただし、食べ終わるまで、絶対に視線を逸《そ》らさないこと。いいですね？」

「いいけど……」

なんか鳥の餌付《えづ》けみたいだ。

なんて、簡単に考えていたあつむは、上杉が付け加えたたった一言で、身動きが取れなくなることにまだ気づかない。

「もし、一瞬でも逸らしてしまったら――」

上杉は、手の平にのせた小鳥に話しかけるような優しい囁《ささや》きで、

「お仕置きしますよ。……いいね？」

あつむを、完全に罠《わな》に嵌《は》めたのだ。


「お帰りなさーい。今日の晩ご飯は、あつむの好きなキャベツの肉味噌炒《にくみそいた》めよ。早く手を洗ってきなさい」

「ただいま。いらない。寝る」

いつものようにキッチンから顔を出して迎えた母親は、息子の返事にたいそう驚いたようだった。

学校から帰ったらまず台所に直行してつまみ食いをし、制服のままリビングで猫をかまって叱《しか》られるというのがあつむのいつものパターンで、今日のようにまっすぐ二階に上がったり、「夕飯はいらない」なんて言い出したためしはなかったからだ。たとえ博明たちとマックに寄り道しても、夕飯は別腹と、二膳《にぜん》くらい軽く平らげてしまう。

腹でも痛いのかと母親は心配そうだったが、答える気力もなく、自分の部屋に入るなり鍵をかけてベッドに倒れ込んだ。

モソモソと毛布を頭まで引き上げ、体を小さく、固く丸める。冷たいシーツに押しつけてみても、顔の火照《ほて》りが取れない。どうしよう、と思った。上杉のメールを覗き見してしまった時も、ショックで、どうしようと思った。けど、それ以上のどうしようだ。だって——だって。

知らなかったのだ。誰かの目を見る。何分も、じっと見つめる。——たったそれだけのことで、あんなことになってしまうなんて。

「お口を開けて」

向かい合って座ると、あつむが少しだけ上杉を見上げるような格好になった。

小さい子供相手にするような言葉で指示されると、なんだかたまらなく恥ずかしい。抗議しようにも、相手の目をじっと見つめていると言い出せなくて——

「もっと大きく開かないと、お口の周りがベタベタになりますよ？」

からかうような口調に、じんわり、耳朶が熱くなってくる。

絶対わざとだ。わかってて、わざと恥ずかしがらせようとしてる。あつむは、両手で肘掛《ひじか》けをぎゅっと握り締めた。なぜか手の平が汗ばんでいた。

上杉は、キスするようにそっと、シュークリームであつむの唇にタッチした。齧りつこうとすると、すっと逃げてしまう。

甘く香ばしい匂いと、唇についたシュガーパウダー。齧ろうとしては逃げられる——何度も追いかけっこをくり返しているうちに、いつの間にかあつむは、上杉の目に、視線で訴えるようになっていた。

「自分がいま、どんな顔をしているかわかりますか？」

おずおずと唇を開くと、上杉はなんだか嬉しそうだった。

だがその茶色がかった瞳に、軽く顎を仰《あおの》け口を開いて待っている自分の姿が映り込んでいるのを見て、あつむは思わず目をつぶりたくなった。

だってそれは、餌を待つ雛《ひな》というよりも、まるで——まるで——

「物欲しげな顔。そんなに大きく口を開けて、うっとりして。入れてほしいんですか？　かわいいお口にいっぱい、大きいのを頬ばりたい？」

「ん……」

「とろとろのクリームを、そのかわいいピンク色の舌でペロペロしたくてたまらないんでしょう？」

「んんっ……」

違う。おれが待ってるのはシュークリームで――あれ…？　でも、先生が手に持ってるのもシュークリームで……。

あつむは、熱い息をついた。

苦しい……。

人の目をじっと見つめることが、こんなに苦しいなんて、知らなかった。恥ずかしくて、自分の心の中まで見透かされてしまいそうで、いたたまれなくて――それなのに、逸らすことができないのだ。

あのとき、指一本触れず、道具も使わず、けれど確かにあつむは縛られていたのだ。そのひとつは、「お仕置き」という言葉の響きだった。

お仕置きの具体的な内容を、上杉は提示していない。課題のプリント一枚かもしれないし、罰金十円かもしれない。だが、もっと別の要求をされてしまうかもしれない。

わからないだけに、想像力がかき立てられる。お仕置きされないようにしなくては……と思う。見つめるだけでなく、そこにペナルティを課すことで、上杉は、効果的にあつむを縛

ってしまったのだ。――言葉と視線という、二つの見えない、強い鎖で。

「端のほう、少し齧っていいですよ」

「……ん……」

あつむは白い歯で、シュガーパウダーのかかった固いシューを齧り取った。ほんの少しだけなので、奥にあるカスタードクリームには届かない。

もどかしい。目の前にあるのに、自分の意志では食べられない。

そしてそんな気持ちを利用して、上杉は自在にあつむをコントロールしていくのだ。

「舌を出して……」

じっと見つめ合ったまま、相手の前に、濡《ぬ》れた舌を差し出す。それだけのことなのに、たまらなく恥ずかしくて、目を伏せてしまいそうになる。

けれど早くクリームを食べたい一心で、濡れた、ピンク色の舌をおずおずと差し出していた。

「舌を固く尖らせて、ゆっくり、中に突っ込んでごらん。あつむの大好きな甘いクリームが、いっぱい出てきますよ」

頭がぼうっとして、あつむ……と呼ばれたことにも、気づかなかった。

命じられるまま、固めた舌をシューにぐりっと突っ込む。薄皮が破れて、ねっとりとしたカスタードがあつむの舌にまとわりついてきた。

甘い……。

目の前でさんざん焦《じ》らされて、やっと食べさせてもらったシュークリームは、とろけるほど甘く感じる。

一度それをごくんと飲み込んでから、また上杉に向かって大きく唇を開く。もっと、と目で訴えると、上杉は、あつむの齧った部分からシュークリームを食べはじめてしまった。

「先生っ、それおれの……っ」

「甘くて美味しいですよ。最後の一個だと思うと、余計美味しい」

「ちょうだい、おれもそれ欲しい」

「欲しい？」

うん、と頷く。上杉は首を振った。厳しい声。

「返事は、ちゃんと言葉にしなさい」

「……欲しい」

「なにが欲しい？」

「シュークリーム……」

「先生にシュークリームを食べさせてほしいの？」

「欲しい。先生にシュークリームを食べさせてほしい」

……あのときのおれ、変だった。

「先生に、甘いクリームであつむの口の中をいっぱいにしてほしいの？」

上杉が云っているのはシュークリームのことなのに、すごくいやらしいことみたいに聞こえて。

「せ……んせいに、あつむの口の中を、甘いクリームでいっぱいにしてほしい……」

それなのに、まるで催眠術をかけられたみたいに、先生の目を見つめたまま、すらすら口にした。

「恥ずかしくないんですか？　高校生にもなって、子供みたいに大きなお口を開けて、そんなおねだりして」

「だって、先生が」

「先生のせいにするの？　こんな恥ずかしいことを試してみたいって、あつむが自分から言い出したのに？」

体がどんどん火照っていって。

「それも先生のせいにするんですか？　知りませんでしたね、あつむがそんな悪い子だったなんて。悪い子には、お仕置きをしなくちゃいけないな」

「やだ、せんせっ……お仕置きやだ」

あんなのおれじゃない。あんな、小さい子みたいに甘ったれた声で半ベソかくなんて。

「かわいいね、あつむ」

先生も変だった。いつもの先生じゃなかった。いつもキリンみたいに穏やかな目が、あの時は、意地悪で、獰猛《どうもう》で、頭から食べられちゃいそうだった……。

「初めて縛られた気分はどうですか？」

縛られたいなんて、一度も思ったことないのに。そんなことするのは変態だと思ってたのに。

「当ててあげましょうか……」

毛布に包まれたまま、ひんやりしたシーツを滑って、あつむの右手は、ごわごわした制服のズボンの中に躊躇《ためら》いがちに潜り込んでいく。

「恥ずかしくて、もどかしくて、屈辱的で、ドキドキして——でも、うんと焦らされたあとのご褒美はとっても甘くて美味しい。……そうじゃないですか？」

べたべたに濡れた、熱くて薄い皮膚を擦り上げる。あっ、あっ、と声が漏れそうになって、急いで枕カバーを噛んだ。

「……いやらしい顔して」

白いカバーに唾液《だえき》が染みていく。口の中にまだカスタードの甘さが残っている。

「どうです？　これで君も、変態の仲間入りだ」

びくんびくんっ、とあつむの細い体は、嘘みたいにあっという間に毛布の繭《まゆ》の中で弾《はじ》けた。

熱い雫《しずく》が、とろ…っと指の間を伝う。

……どうしよう。

思い切り嚙み締めていたピローケースに、あつむの唾液が小さな染みを作っていた。

おれ……ほんとにどうしよう……。

2

あ、キリン。

それが、初めて上杉を見たあつむの第一印象だ。

高校入試の当日。試験官と受験生。一八十センチ以上ありそうな長身で、首をすいっと屈《かが》めてドアをくぐってきた上杉の様子を、キリンみたいだとあつむは思った。眼鏡の奥の優しい眼差《まなざ》しが、草食動物みたいだったから。

一年のときは受け持ちが違ったから、遠くから姿を見るだけだった。他の教師や生徒より頭ひとつ分高い上杉は、本当にキリンのように目立つのだ。だけどいつも上級生に囲まれていて、新入生はなかなか近づくことができない。たまに誰もいない廊下ですれ違っても、なぜだか変に意識してしまって、ろくに挨拶もできなかったり。

いつも不思議でしょうがなかった。どうしてあの先生のことばっかり、こんなに気になるんだろう?

そして、秋の林間学校でのことだ。

二泊三日の恒例行事。クラスメイトたちは林間学校なんて小学生じゃあるまいしとボヤいていたが、子供の頃からアウトドア派の父親の影響を受けていたあつむは、天体観測やオリエンテーリングを楽しみにしていた。

しかし、そのオリエンテーリングが問題だった。前日に降った雨で地面に落葉が積もり、足もとが滑りやすくなっていた。慣れないトレッキングで博明が足を滑らせ、病院に運ばれる騒ぎになったのである。幸い全治二週間程度の捻挫《ねんざ》だったが、翌日の行動には不参加になった。

そのとき博明と一緒に宿に残った引率の教師が、上杉だったのだ。

退屈な日程の中で唯一楽しみにしていた牧場見学も、昼食のバーベキューも逃し、おまけに監視つきで居残りを命じられて、博明はすっかり腐っていた。あつむと美香は心配して、移動のバスや行く先々で博明の携帯にメールしたが、なぜかなかなか返事がこない。

じりじりしながら夕方、予定を終えて宿に戻ると、博明と上杉は食堂で将棋を指していた。クラスメイトが冗談半分で「バーベキューめちゃうまかった」「おまえほんと運が悪いよな」とわざと羨《うらや》ましがらせるようなことを囃《はや》し立ててからかったが、博明は「だよなー」とニヤニヤしている。

博明があういう顔をしているときは、なにかある。あとでこっそり聞いてみると、「絶対に誰にも云うなよ」と釘を刺してから、

「ドライブしたんだよ。湖まで。で、昼めしにジンギスカン食わせてもらった」

と白状した。

「ドライブって？　誰と？」

「上杉ちゃんが車借りてきてくれてさ。足がこんなじゃ動けないし、こもりっきりじゃつまんないだろうからって。いい人だよなー、上杉ちゃんて。でも他のやつらには絶対話すなよ？　二人だけの秘密ってことになってるんだから」

「上杉ちゃん」、「二人だけの秘密」。あつむの胸はなぜかキリキリと締め上げられた。怪我をしたのが博明じゃなくて自分ならよかった……と思った。

一晩寝てもまだ胸の痛みは収まらなかった。そして翌朝。食堂で上杉が博明に話しかけているのを見た瞬間、あつむは、自分の気持ちを初めてはっきりと意識したのだ。

だけど、上杉にとって、あつむはただの教え子でしかない——

吊革に摑まってバスの振動に揺られながら、あつむはぼんやりと車窓を眺めていた。

洗い上がったような澄んだ朝の空気。色づきはじめた街路樹と、眠たげな乗客の顔がガラスに映っている。美香の分の鞄も抱えて横に立っている博明は、次の日曜日、彼女の買い物につき合う約束をさせられていた。「この前みたいにTシャツ一枚で二時間も迷うなよなー」なんて文句をつけながら、まんざらでもなさそうに目尻を緩めている。

二人が幼なじみから恋人同士になったのは、中二のときだ。

夏休みに初めてHしたことを、あつむは博明から密《ひそ》かに打ち明けられた。三人で一緒にプールに行った前の晩で、二人ともいつも通りにしていたから、そういうのって案外わかんないもんなんだな、とドキドキしながら思った。

外見だけじゃ、人間の中身なんてわからないのだ。向かいで文庫本を読んでいるサラリーマンの鞄の中はエッチな道具がぎっしり詰まっているかもしれないし、携帯メールをチェックしている学生は、ご主人様の命令を待っているのかもしれない。

あつむは、おそるおそるガラスに映る自分の顔を見た。

寝不足の顔。でも昨日と別段変わっていないように見える。やや童顔で学生服を着た、どこから見ても普通の高校生だ。博明も美香も、両親だって、昨日あつむに起きたことを想像できないだろう。

あの上杉だって、一見すれば生徒思いの教師だ。M奴隷がいたり、生徒にあんなことをする教師だなんて、誰が考えるだろう？

「あんなことって？　シュークリームを食べさせただけですよ」

そうだけど。けど、あんないやらしい食べさせ方するなんて。

「それは先生のせいですか？　あれをいやらしいと思うのは、あつむがいやらしい子だからでしょう？」

口についたクリームを拭《ぬぐ》ってくれた上杉の指先の温度や、穏やかな、けれどどこか意地悪な口調を思い出して、あつむの頬は急激に熱を帯びた。……ＭＩＬＫのことも、ああやっていじめてるんだろうか。

心臓がどきっと高鳴った。ちょうどその時、バスの窓を、手芸店の古びた看板が横切っていったのだ。

糸。

覗き見したメールで、ＭＩＬＫは、赤い糸を乳首に結んでいた。

『先生がかわいがってくれるので、ぼくの乳首は、この頃すごく感じやすくなっています。』

……どうやってあんなとこに糸を結ぶんだろう。つまむのがやっとなくらい小さいし、第一、なんでそんな痛いことさせるのかわからない。

だけど……ＭＩＬＫは、感じるんだ。

先生にいじめられて……縛られて。昨日のあつむのような、遊び半分の生易しい拘束なんかじゃない。先生を信頼し、身も心もすべて預け、細心の注意を払われて……愛されてる。生活のすべてを先生に独占してもらって、たっぷりかわいがってもらっているのだ。

……愛奴ってなに？

……愛しくて、とてもかわいがっている奴隷のことですよ。……

あつむはきゅっと唇を結んだ。

「……は？　もう一度云ってもらえますか？」

放課後の、誰もいない階段の踊り場で、あつむに呼び出されてやってきた上杉は、なんとも云い難い顔をしていた。

にこやかで、親切そうで……哀れみと軽蔑が入り交じった顔だ。こんなつまらない話はさっさと切り上げて帰りたいと思っているのが、見え見えの顔。

だがあつむの決意は、そんなことで挫《くじ》けなかった。これくらいの冷たい反応は覚悟の上だ。上杉を呼び出すだけで、心臓がバクバクいっていたのだから。

喉《のど》はカラカラに干涸《ひから》びて、飲み込む唾もない。それでも、階段の二段上から上杉の目を見据え、あつむはもう一度はっきりと云った。

「おれを先生の愛奴にしてよ。ＭＩＬＫみたいに」

上杉は、困ったように首を傾げた。

「昨日の刺激が強すぎましたか？　偏った知識を正したかっただけで、そんなつもりはなかったんですが」

「おれを変態の仲間にしたのは先生だろ。だったら責任取ってよ」

「君が変態なのは生まれつきの資質でしょう。先生がそうしたわけじゃないですよ。それに、教え子には手を出さない主義なんです」

「ＭＩＬＫだって生徒だろ。先生って呼んでたじゃんか」

「あの子は生徒じゃありません。教師や医者は、教え子じゃなくても世間では先生と呼ばれる職業なんですよ」

ハイこれで話は終わり、とばかり、上杉は肩を竦めた。

「はっきり云うとね。お子さまは趣味じゃないんです。成人式がすんでから出直しておいで」

「奴隷にしてくれなかったら、卒業までずーっと赤点取ってやる」

あつむのばかばかしい宣言に、初めて上杉の目が丸くなった。

「ばかなことを云うんじゃない。そんなことをしても、君が損するだけですよ。第一、進学はどうするんです。いまだってギリギリなのに」

「かまうもんか。先生が愛奴にしてくれるまで何回だって留年してやる。そしたら成人式なんてすぐだ。二十歳《はたち》になったら愛奴にしてくれるんだろっ」

「いや、そういうことじゃなく……。……参りましたね……」

「愛奴にしてくれる？」

上杉は、無言ですっと目を細めた。

突き放したような眼差し。誰かにそんな冷たい眼で見られたのは生まれて初めてだ。

いますぐその場から逃げ出してしまいたくなった。本当は怖い。昨日みたいに、またぐちゃぐちゃになってわけがわからなくなってしまったら。

——だけど。

あつむはキリッと下唇を噛み締め、萎《しな》びてしまいそうな勇気を奮い立たせた。

ＭＩＬＫ。上杉の愛情を独り占めする愛奴。二人の間に割って入るには、自分も同じステージへ行くしかない。

向き合ったまま、じりじりと時間が過ぎていく。上杉は冷たい顔のままだ。あつむの顔は少しずつ俯《うつむ》いていった。

どうしてもだめなんだろうか。自分なんかに興味ないんだろうか。生徒だから、子供だから、なんていうのは方便で、本当はあつむの顔と体が好みじゃないんだろうか。ぐるぐると考えすぎて、瞳にうっすらと涙の膜が張った。けど、絶対退《ひ》くもんか。もう一度決意を固めて顔を上げ、上杉の目を見つめた。

「……そこから降りなさい」

上杉は、冷たい顔のまま、あつむに云った。

「奴隷の分際で、ご主人様より目線を上にするんじゃありません。先生の奴隷になるなら、全裸で四つん這いが基本姿勢です」

「……愛奴にしてくれるの？」

「躾《しつけ》は厳しいですよ？　命令には絶対服従。先生が裸になれと命じたら、教室の中だろうが路上だろうが服を脱がなくちゃなりません。逆らったら勿論お仕置きです。泣き喚《わめ》いても許さない。それでも、服従を誓えますか？」

「誓う！　じゃない……誓います」

あつむの勢いに呆れたのか、上杉は小さな溜息をついた。

「……後悔しますよ」

したってかまわない。上杉と二人だけの秘密。舞い上がった心が、体から離れてしまいそうだ。

だけど、初めてのメールが届くまで、上杉が本当に約束を守ってくれるかどうか、実のところ半信半疑だった。


『件名／宿題です』

メールが着信したのは、土曜の午後。いつも帰り途《みち》に寄るファストフードの店内だった。

一緒にいた博明と美香は気の早い冬休みの計画で盛り上がっていたが、あつむはそれどころじゃない。心臓が壊れそうなほどドキドキして、手が震えて携帯を落としそうになった。

『宿題は二つあります。
1　ホームセンターで以下の三つの買い物をすること。歯磨粉、糸、蠟燭。』
「おれ、ちょっと、トイレ」

そわそわと立ち上がったあつむに、シェイクを飲んでいた博明が噴き出した。

「ばーか、黙っていけよ便所くらい。小便漏らすなよー」

「もー、ヒロくんやめて。食べてるのにー」

いちゃついている二人に構っている暇はない。急いでトイレに飛び込み鍵を締め、メールの続きを読んだ。

初めての「ご主人様からの命令」に、心臓が破裂しそうだ。

『2　買った糸を五十センチ程度の長さに二本切り、一本を左胸の乳首、もう一本は、ペニスに取れないようにしっかりと巻きつけて結びなさい。糸の端は、服の隙間《すきま》から見えるように出しておくこと。

その格好のまま、先生の家に来なさい。尚、シャツの下には下着など余計なものを身に着けてはいけません。』

上杉が東町《ひがしちょう》のマンションに住んでいるのは、以前から知っていた。この辺りでも有名な高級分譲マンションで、若い独身教師には不相応な物件だ。親の遺産が結構あるんだって、と耳聡《みみざと》いクラスの女子が噂をしていた。

東京にいる弟は、雑誌で特集が組まれることもある有名なインテリアデザイナーだというのも、女子の噂で聞いた。雑誌でちらっと写真を見たけれど、やっぱり眼鏡で、上杉をもっと冷たく洗練させた感じの人だった。

玄関を開けてくれた上杉は、帰ってきたばかりらしく、まだワイシャツにネクタイを締めたままだった。

「いらっしゃい。どうぞ。散らかってますが、そのへんに座って」

「あ……はい」

あつむは拍子抜けして頷《うなず》いた。玄関先で顔を見た途端、「裸になれ」と云われるんじゃないかと、カチコチに緊張してきたのに。

「おじゃましまーす……」

玄関からまっすぐ突き当たりは、だだっ広いリビングルーム。そこにはソファセットではなく、なぜかダブルベッドが一台、中央にどんと据えてあった。インテリアデザイナーの弟がいるとは思えないくらい、味もそっけもない黒のパイプベッドだ。

上杉はワイシャツの袖《そで》を捲《まく》り上げて、キッチンに入っていった。

部屋は殺風景だ。めぼしい家具はベッドとテレビくらいで、テーブルさえない。キッチンカウンターで仕事や食事をしているのか、ノートパソコンや参考書が積んである横に、シンプルな白い陶器の調味料入れが並んでいる。本は床にも直《じか》に積んであって、座るところといったら、毛足の長いラグマットかベッドの上だけ。

あつむは、ベッドにかかったモスグリーンのカバーの端をめくったり戻したりしていたが、結局ベッドには腰を下ろせず、床のラグに座った。ここで上杉が毎日寝ていると思うと、妙に意識してしまう。

「クッションがそこにありますよ」

「あ、うん」

「コーヒー？　紅茶のほうがいいかな？」

「あ、コーヒーがいい」

……なんか、普通の会話だ。

それが却《かえ》って落ち着かなくて、そわそわと膝を抱えたり、ラグの毛を引っ張ったりした。

鞄と一緒にカウンターの椅子に置いたショッピングセンターの紙袋が目に入る。

ただの買い物であんな恥ずかしさを味わったのは初めてだった。知り合いに会いませんようにと祈りながら、超特急ですませたのだ。レジでも、なにに使うのかなんて詮索《せんさく》されるわけでもないのに、妙にドキドキして顔が上げられず、お釣りを貰《もら》い忘れるところだった。

挽《ひ》きたてのコーヒーのいい薫《かお》りが漂ってきた。

ワイシャツの襟を緩めてネクタイの尻尾を後ろに撥《は》ね上げ、腕まくりしている上杉は、学校で見せる教師の顔とはまるきり違って見える。ドリップコーヒー専用の、口の細い薬缶《やかん》を扱う姿も堂に入っていた。プロみたいだ。

ＭＩＬＫにも、ああやってコーヒーを淹《い》れてやったりするんだろうか……。

ぶちっ、とラグの毛が抜けた。

顔を上げた上杉が、そんなあつむを見て「ん？」と微笑《ほほえ》む。

「散らかっててびっくりしましたか？」

あつむは焦って毟《むし》った毛をラグに押し込みつつ、ううん、と首を振った。

「ってか、散らかるものなんにもないじゃん。椅子も一個だけでお客さん来たとき困らない？」

「めったに客は呼びませんから」

「そうなの？」

「ええ。ここに入れた生徒も君が初めてです」

「ふーん……そうなんだ」

それを聞いてあつむはすっかり気をよくした。ＭＩＬＫだって、この部屋にはめったに入れないのだ。

「先生、おれもなんか手伝う」

「じゃあ、コーヒーカップを出してください。戸棚の二段目」

「うん」

キッチンは、冷蔵庫もシンク周りもステンレス製で統一されていた。鍋やフライパン、食器類はどれもピカピカに磨き上げられ、見たこともないスパイスや調味料が何十種類も几《き》帳《ちょう》面《めん》に並んでいる。

「うわーっ、すげー本格的。あ、これ、うちの親が欲しがってた鍋だ。ル・クルーゼっていうんだよね」

こっくりとしたオレンジ色のホーロー鍋。外国製で、ちょっと高価《たか》くて手が出ないと雑誌を眺めては溜息をついている。

「よく知ってますね。これで作ると煮込み料理がとてもうまく仕上がるんです。ちょっと重いからそのサイズだと女性は使いづらいかもしれないですね」

「へー。……先生、この鍋敷き曲がってる？」

鍋と同じシリーズらしき金属の鍋敷きのへりが、一ヵ所、どこかにぶつけたようにへこんでいる。

「ああ、ゴキブリが出たのでとっさにぶつけて」

「ふ、ふーん……」

意外とワイルド……。

「君はおうちで台所に立つんですか？」

「ぜーんぜん。たまに皿洗いさせられるけど。あ、でも兄貴は料理うまいんだ。餃子《ぎょうざ》とか、皮から作るよ」

「お兄さんと仲がいいんですね」

「まあまあかな。歳《とし》離れてるから、勉強しろ、行儀が悪いって、親よりうるせーけど。先生は？　兄弟と仲いい？」

「いいえ。昔から弟とは反りが合わなくてね。歳も近いし、好みや性格が似ているせいでしょうね。最近は法事で顔を合わせるくらいですが」

「たまにしか会えないんだったら、よけい仲よくしなきゃだめだよ」

と、あつむは心から素直に云った。

「うちの兄貴が大学生のとき、交通事故に遭ったんだ。バイクで旅行してて、北海道《ほっかいどう》で。車と正面衝突して、重傷で、おれたちが病院に着くまでもたないかもしれないって云われて……ずっと震えが止まらなかった」

「……それは大変でしたね」

「出かける前の日にね、兄貴と喧嘩したんだ。もう原因は忘れちゃったけどくだらないことで、でもすっごいアタマきて、朝も無視して口きかなかったし、帰ってきたって絶対無視してやるって思ってた。でも、それって、もう会えなくなるかもしれないっていう可能性を考えてないからなんだよ。本当に帰ってこない……もう二度と会えないってわかってたら……喧嘩別れなんかできないよ。絶対」

あつむがカウンターに並べたシンプルな白いカップに、上杉は丁寧にコーヒーを注ぎ分けた。

「お兄さんの怪我は？」

「それがさー、その情報間違ってて、脚の骨折っただけでけろっとしてんの。美人の看護師さんにシモの世話までしてもらっちゃってさ、わざわざ来なくてよかったのに、とか云うし。めっちゃめちゃ腹立ったよ」

「ははは」

「けど、それからは、どんなことがあっても、喧嘩をしたらその日のうちに謝ろうって決めたんだ」

「それはそれは。どんなに腹が立ってもですか？」

「立っても」

「自分が悪くなくても？」

あつむは、軽く肩を竦めてみせた。

「先生、もっと大人になりなよ」

上杉の目が丸くなった。愛くるしい仔犬を見つめるみたいにふっと和らぎ、そしてまた、ふっと冷ややかな光を浮かべた。

「……生意気な奴隷だ」

あつむは、忘れていたのだ。

そこまでの彼の態度が、まるで、ただ普通に生徒をもてなす教師のようにさりげなかったので。

どうして自分がここに呼び出されたのか。——どうして、ここに自分が来たか。

「さて。それじゃ、宿題を提出してもらいましょうか」

そう、上杉が切り出すまでは。


買ってきた紙袋の中身を、ひとつずつカウンターに並べた。チューブ入りの歯磨粉。赤い糸。

「……これは？」

上杉が怪訝そうに手に取ったのは、アロマテラピー用の、濃いピンク色のキャンドルだ。

「探したんだけど、ああいうやつどこにも売ってなかったから、それが一番似てると思って……」

「ああいうやつ？」

「だから、蠟燭。……赤いやつ」

「赤い……？　……もしかして、プレイ用の低温蠟燭のことですか？」

こくんと頷く。低温蠟燭という名前は知らなかったが、テレビで、お笑いタレントがＳＭの女王様に赤い蠟燭を垂らされて逃げ回っていた映像が、頭の片隅にあった。物が物だけに店員に訊くこともできず、ショッピングセンターの店内をうろうろ何周も捜し回ったのだが見つけられなかった。

するとと上杉が笑いを嚙み殺しながら云った。

「あのね、頼んだのはそれじゃなくて、仏壇用のつもりだったんですが」

「………。……えっ？」

「ちゃんと書いておけばよかったですね。買い置きが切れてしまって」

そこに至って、あつむはやっと自分の勘違いに気づいた。上杉が意地悪く瞳を光らせる。

「でも、どうしてそんな恥ずかしい勘違いをしたんでしょうね？　蠟燭を使う趣味はないとあらかじめ云っておいたのに」

確かにメールでは、蠟燭としか書いていなかった。だけど、MILKが、糸と歯磨粉を使っていたから、蠟燭もSM関係のグッズだと思い込んでしまったのだ。糸も歯磨粉も蠟燭も、普通に考えれば、ただの日用品なのに。

「それに、この糸。どうしてこの色を買ったんですか？」

ドキッとした。赤い糸。メールでは色の指定はなかった。

「当ててみましょうか。MILKが赤い糸を使っていたから。……正解でしょう？」

「ちがっ……たまたまだよ」

「本当に？」

制服の襟に、上杉の指がそっとかかる。あつむはピクンと顎を強張《こわば》らせた。

「歯磨粉と糸と云われて、真っ先にＭＩＬＫのことが頭に浮かんだから、あつむは赤い糸とエッチな蠟燭を買おうと思ったんでしょう？」

「……っ」

「かわいい顔をして、頭の中はとてもはしたないことばかり詰まっているんですね、あつむは」

「待っ……や」

ハッとして、制服のボタンを外そうとする指を両手で掴む。

「どうしたんです？　二つ目の宿題は？」

「………」

「先生の命令が聞けなかったんですか？」

あつむはふるふるとかぶりを振り、学生服のボタンを外した。そしてその下のシャツの第二ボタンの隙間から、震える指を入れて、赤い糸の端を引っ張り出した。

冬服にかわったばかりのシャツは少々厚手だが、赤い糸が心臓の真上に絡んでいるのが透けて見える。

上杉は糸の端を人差し指に絡め、ピンと引いた。操り人形のように、あつむは薄い胸を反らした。

「あっ……」

「ボタンを外しなさい。全部」

上杉は、羞恥《しゅうち》のあまり歯を食いしばっているあつむの顔を、視線でたっぷりと犯しながら、縦長の臍《へそ》の上に垂れ下がった赤い糸をゆっくりと手繰《たぐ》り寄せた。ピンと糸が張り、あつむの唇の間から甘い呻《うめ》きが漏れた。赤い糸は、小粒な乳首の根元にきつく巻きつき、充血した突起をキュッと絞り出している。

「こんないやらしい格好のままで、よくバスに乗ってきましたね。まったく、なんて恥ずかしい子なんだろうね、君は？」

結び目の固さを確認するように、クイクイと糸を引く。飛び上がるような刺激と恥ずかしさに窒息しそうだ。しかも、その刺激は痛みだけではなくて、鋭く下半身をも直撃してくる。

「そう。君は乳首が感じるんですね。こうやって糸を引くと、ほら、ズボンの中が苦しそうだ」

「あ！」

腿の付け根、いわゆるビキニラインを、軽くすーっと撫でられ、あつむは首を振りたくった。

「かわいそうに、こんなに固く縛って……苺《いちご》みたいに赤くなってしまってますよ」

「や！　さわんなっ……」

「早く糸を取ってあげないと、かわいい乳首がこっち側だけ大きくなってしまうかもしれませんね」

「あ、あっ！　やだ、それやだ、引っぱんないでっ」

「君はスケベだから、乳首が大きくなったほうがいっぱい感じられて愉《たの》しいかもしれませんね。その分刺激を受けやすくなって、シャツで擦れただけで勃起してしまうかもしれない。こっち側も糸で括《くく》って、大きくしてあげましょうか？　それで両方の糸を、勃起したオチンチンに結んであげる」

「やあっ……！」

卑猥《ひわい》な言葉を囁かれながら右側の突起を捻るようにキュッとつままれ、あつむは悲鳴を上げた。

「気持ちいいんでしょう？」

「やだっ……あ、んっ」

「オチンチンがぴくんぴくんするたびに、乳首もこうやってクイクイ引っ張られて、もっと気持ちいいですよ？」

「やっ、あ、あっ、せんせっ……」

「どこでやったんです？」

クイ、と糸が張られ、ピンッと弾かれる。あつむは震えた。

「トイ、レ」

「ショッピングセンターの？　そんなところで制服をはだけて、乳首を縛ったんですか？　自分で？」

あつむが体を捩《よじ》らせて声を上げるのを面白がるように、クイクイと糸を引く。

「あっあ、せんせっ……お願っ…とって。糸とって」

「どの糸です？」

「それっ……ち……くびの……」

声が小さい、というように、上杉は長い糸の端をピンと伸ばして、もう片方の乳首にもくるくる巻きつけようとする。

「乳首の糸っ！」

「これ？」

「ああっ、そ、それっ」

「あつむが自分でちっちゃい乳首を縛った、この赤い糸のことですね？」

ピンッと糸が引っ張られる。

「うん、うん、ひ、んっ、せんせっ」

無垢《むく》で感じやすい体は、執拗《しつよう》な言葉責めと乳首いじめだけで、とろとろだ。昨日あんなに何度もオナニーしたのに、下着の中も痛いほど張り詰めてしまっている。

「こんなに上手に結べてるんだから、取らなくてもいいでしょう？」

「ひゃうっ」

「勿体《もったい》ないから、一晩このままにしておきましょうか。そのほうが君も愉しめますよ？」

「んんんッ」

クニクニと揉《も》まれ、押し潰《つぶ》すように転がされ、あつむは身悶《みもだ》え、腰をくねらせて啜《すす》り泣いた。

「せんせ……お願っ……おかしくなっちゃうよっ……」

「そういわれても、君が固く結ぶから、結び目がほどけないんです」

上杉は微妙な力加減で糸を操りながら、ごわごわした制服越しに敏感な腿の内側や、膨らみの頂上をわざと触れるか触れないかのタッチで愛撫《あいぶ》し、あつむが我慢できずに腰をくねらせたり、それを上杉にからかわれて羞恥に目を伏せたり、唇を噛み締めたりする姿を愉しんでいる。

噴き出した汗で、ほっそりした首筋や、ほどよく陽焼けしたなめらかな胸板は、シロップを塗りたくったスポンジケーキのようにしっとりとした艶《つや》を放っている。あつむは耐えきれなくなって、両腕をクロスさせて顔を覆った。

「切って、糸、切って」

「だめですよ。そんなことをしたら、膚《はだ》を傷つけてしまうかもしれない」

「いい！　切って早く！　切れよぉっ」

「しかたないな。じっとしていなさい、いい子だから」

朦朧《もうろう》となりながら目を開けると、上杉が、小さな蜂蜜《はちみつ》の瓶《びん》を手にした。黄金色の液体をたっぷりと指に掬《すく》い取ると、とろり…と胸の上に垂らす。

「んあッ……」

とろとろと落ちてくる金色の冷たい糸。上杉は、濡れた指で、さらに捏《こ》ねるように乳首に蜜をまぶした。そして糸の端のほうを持ち、ゆっくりと引っ張り上げた。

きゅうんっ…と山のように乳輪が引っ張られる。

「い、あ……」

「じっとしてなさい」

「やだ……やだあっ」

ヌルン…と糸が滑った。その瞬間、あつむは思わず口走っていた。

「やめちゃやだぁぁっ……」


「……はしたない子だ」

甘い雫《しずく》が、ぽたりと、半開きの唇に垂れてきた。

蜂蜜まみれになった赤い糸の端が、目の前で、ゆらゆら揺れている。朦朧とそれを見つめるあつむを、上杉は冷ややかに見下ろしている。

「さて。次は下ですね」

「や……！　ま、待っ」

「なぜ隠すの？　先生に見せられないんですか？」

慌てたあつむの様子を見て、その手首を、上杉は片手で易々とひとつに纏《まと》めて封じてしまう。

腰をねじり、床の上を這って逃げようとする。だが上杉の腕が、俯《うつぶ》せになった胸の下にまで滑り込んできて、まるで布団を裏返すようにあっさりとひっくり返してしまった。

覆い被《かぶ》さるようにして、熱っぽく見下ろしてくる男の視線に、あつむは耐えられずに顔を背けた。

小柄だが、健康的で伸びやかな肢体。無残にはだけられ、裾《すそ》を引きずり出されたシャツ。両方の手首をきつく押さえつけられ、蛍光灯《けいこうとう》の白々とした明りの下で胸が不規則に上下している。

上杉は手早くズボンのウエストを緩め、膝まで引き剝《は》いだ。グレーのボクサーショーツは股間《こかん》にぴったりと張りつき、滲《にじ》み出たあつむの体液を吸って、漏らしたような染みができていた。

「……膨らんでいますね」

ツ…と人差し指で、山の形をなぞる。ぴくんぴくんと反応してくる。

「ちゃんと糸は結んできましたね？」

「……や……」

「自分じゃわからないの？　先生に調べてほしいんですか？　しょうのない甘ったれだ」

フッと耳の穴に息を吹きかける。あつむはびくびくとのけ反った。そこも今日まで知らなかった性感帯だ。

「いい？　ゆっくり下着を下ろしますよ……ああ、ヘアが見えてきた。柔らかいですね。標準よりは少し薄いようだ。……ほら、オチンチンの先っぽがぴょこんと顔を出した。わかりますか？……こんなに濡らして。おつゆが毛に絡みついて光ってますよ」

「やだっ！」

「隠すんじゃない」

股間を覆った両手が強引にどけられる。そこを確かめると、意地の悪い、冷ややかな笑みを浮かべて、上杉は、両目を潤ませているあつむを見下ろした。

「……糸が一本足りませんね」

あつむは視線を逸らした。

「命令では、乳首とペニスに一本ずつ糸を結ぶように云ってあったはずですね？」

「………」

CLE
MIN

「ご主人様の命令に従わなかった奴隷は、どうされるんでしたか？」

口の中がカラカラだ。

「返事は？」

「お……お仕置き……です」

ビクリと身を竦め、あつむはおずおずと口を開いた。

「そうです。さあ、君に耐えられるかな。帰るならいまのうちですよ」

いやだ。怖い。もっともっと優しくしてほしい。

だけどあつむは、震えながらかぶりを振った。

「か……帰らない。……されたい。先生に……お仕置き……」

かすかに、上杉の溜息が聞こえ、なにか云おうとして口を開いた。

その時だ。玄関のインターホンが、軽やかに来客を告げた。


「あれれ、来客中ですか。こちらは？　生徒さん？」

口髭《くちひげ》のひょろりと痩《や》せた男が、駅前のケーキ屋の箱を提げて入ってきた。

Tシャツに紺色のブレザー、色褪《いろあ》せたジーパン。どんな商売をしているのか、何歳なのか、ぱっと見では想像がつかない。

上杉に服装を整えなさいと云われ、あつむはまだ余韻でぼうっとしたまま従った。口髭が自分をじろじろ見ているのが少し嫌な気分だったが、それでも、先生のお客なんだから行儀よくしなければと思って、ぺこりと会釈した。

「へーえ、かわいい子じゃないですか。あつむくんていうの？　中学生？」

ムッとして高二だと答えると、口髭はまた「かわいい」を連発する。チビで悪かったなとあつむは口を尖らせた。

「コーヒーでいいですか？　あつむ、お皿とフォークを持ってきてください」

「……はい」

上杉は客を追い返すつもりはないらしい。あつむは少し落胆して、カップボードを開けた。けれど同時にホッとしてもいた。さっきは勢いで口走ってしまったものの、「お仕置き」はやっぱり怖い。

「あっ」

腕を伸ばした拍子に、シャツが胸に擦れた。ヘンな声を聞かれなかったかとそっとリビングを振り返ると、上杉も口髭も気づかずに書類のようなものを挟んで話し込んでいる。

……ついさっきまで、あそこで――

あつむは真っ赤になって、急いで皿を出した。「お仕置き」は怖いのに、そのことを考えはじめると体が火照ってしまいそうで、そんな自分がもっと怖い。

お土産《みやげ》はシュークリームだった。パリッとしたシューに、生クリームと苺をサンドしたやつだ。あつむは準備室のことを思い出してどきっとしたが、上杉はポーカーフェイスだった。教室にいるときみたいにきちんとネクタイを締めて、さっきのことなどなかったみたいに振る舞っている。

なんであんな涼しい顔ができるんだろう。君のことはなんとも思っていないよと云われているようで、あつむは暗くなったが、上杉があつむの分もシュークリームをちゃんと皿に取ってくれたのを見て、少し気分を持ち直した。

「美味しそうですよ。君もそこに座っていただきなさい」

しかし、あつむは絶句した。上杉は、あつむの皿だけ、床の上に置いたのだ。

「へええ、驚いた。こんないたいけな子を調教してるんですか、先生」

上杉の性癖を知っているらしく、口髭は驚きもせず下品な笑いを浮かべる。

「さあ、見かけほどいたいけかどうか。この子は押しかけ奴隷でね。躾が行き届かず、振り回されていますよ」

「へー、こーんなかわいい顔してねえ」

あつむは真っ赤になったが、上杉は気にせず上品にフォークを使って食べはじめる。奴隷が主人たちと同じテーブルに着く資格はない、というのだろう。

ひどい。だからってなにも、人の前でそんなこと云わなくたって。

「どうしたんです。食べないんですか？」

「……食べるっ」

ショックのあまり食欲なんかない。でも食べないのもなんか悔しい。あつむはどかっと床に座った。

「待ちなさい」

すると上杉は、あつむの皿を爪先で押して遠ざけた。

「奴隷の基本姿勢はどうだと教えましたか？」

「えっ……」

奴隷の基本姿勢……。

あつむはかーっと赤くなって、泣きたくなったが、上杉は許さない。

「あつむ？　忘れたんですか？　それとも最初から覚えなかった？」

「……裸で……四つん這い」

「そうです。奴隷は食事に手を使う必要はない。そこに犬のように這いつくばって食べなさい」

「かわいそうに。ビギナーにはちょっと厳しいんじゃないですか？」

口髭がヒュッと口笛を吹く。だが上杉は、表情も変えずあつむを見下ろしたままだ。

「基礎中の基礎です。この程度でためらうような奴隷はいりません。さっきも命令が聞けなかったので、どんな罰を与えようか考えていたところです」

「さすが上杉先生。どんな跳ねっ返りも先生の手にかかれば従順な仔猫になっちゃうそうですね。この子もアレでしょう、いずれはＭＩＬＫみたいに仕上げるんでしょう？」

ＭＩＬＫ。――俯いていたあつむの顔が、ピクリと持ち上がった。

「ＭＩＬＫは特別です。羞恥心が強く、淫乱で従順――理想の奴隷ですからね。あの子のように育つかどうかは、本人の資質による部分が大きい。資質がなければ、誰がどんな調教をしようが無駄です」

「ふうん、そんなもんですか――おっ？」

あつむを見遣《みや》った口髭が目を丸くした。

四つん這いになったあつむが、床に置かれた皿に鼻先を突っ込むようにして、シュークリームに齧り付いたのだ。

潰れた苺と生クリームで、口の周りがべたべたになる。でも構わなかった。きっとＭＩＬＫも同じことをしたのだ。そう思えばなんだってできる。上杉を独占するには、ＭＩＬＫより優秀な奴隷にならなければ。

「ほおぉ……素質は充分そうじゃないですか。あつむくん、美味しいかい？　こっちおいで、もっとあげるよ」

口髭が、手をつけなかった自分の皿を差し出して、おいでおいでする。あつむは顎の先までクリームをつけたまま、やだよ、とフイと顔を背けた。

無言でそれを見ていた上杉が、自分の皿のシュークリームを食べやすい大きさにちぎって、手の平にのせた。犬を呼ぶみたいに鼻先に突き出す。あつむは四つん這いでとことこと近づくと、その手からぱくりと食べた。手の平に残ったクリームまで、舌を伸ばしてきれいに舐《な》め取る。

「いいねえ、かわいい奴隷ちゃんだなぁ。おれもこんな子がほしくなっちゃうなぁ。そうだ先生、あつむくんちょっと借りられませんか？　おれ最近写真はじめてね、かわいいモデルがほしかったんですよね」

「この子はまだ調教中ですので」

「堅いこと云わずに。いいじゃないですか、悪いようにはしませんよ。なぁ、あつむくんはどうかな？　モデル、興味ない？」

口髭が頭を撫でようと手を伸ばしてくる。あつむは思い切り首を振って、にらみつけた。噛みつきそうな勢いに、口髭もしぶしぶと手を引っ込める。

それを見て、上杉が苦笑を浮かべた。

「躾がなってなくて申しわけないですね。では、データは週明けまでに揃《そろ》えてメールしますので」

わかりました、と口髭が名残惜しそうにしぶしぶとテーブルに拡げていた資料を纏めはじめたので、あつむは心からホッとした。

こんな格好をさせられていることより、「お仕置き」より、誰にも邪魔されずに上杉と二人きりでいたいのだ。

「それじゃどうも、お邪魔しました。あつむくん、またな」

と、口髭が立ち上がりざま、上杉の目を盗むようにあつむの尻を軽く撫でた。次の瞬間、ぎゃあッと悲鳴が上がった。口髭の指に、がっぷりとあつむが噛みついたのだ。


客を見送った上杉は、すぐにリビングに引き返してきた。あつむはまだ、床に四つん這いだ。立ち上がってもいいと命令されていない。

四つん這いのまま、ふてくされてベランダを向いている教え子のそばへくると、上杉は、落ち着いた静かな声であつむを呼んだ。教室で指名するときと同じ声音だった。

「なんです、さっきの態度は。誰が客に噛みつけと命じましたか？」

「だってあいつがっ」

「口答えしない」

「……っ」

「先生に恥をかかせましたね。これで、お仕置きがまたひとつ増えた。わかっていますね？」

あつむはぎゅっと唇を噛んで、俯いた。悔し涙で目が潤むのを見られたくなかったのだ。なんであんなやつに触られても黙って我慢しなくちゃいけないんだ。奴隷だから？　奴隷ってそういうもの？　ＭＩＬＫは平気なんだろうか。だから先生はＭＩＬＫをかわいがっているんだろうか。目の奥から、また熱いものがこみ上げてきた。

すると上杉が、奥の部屋から大きめのトランクを運んできた。ベッドの上で鍵を外し、蓋《ふた》を開ける。

中身を目にして、涙も引っ込んだ。数種類の鞭、束ねた赤いロープ、手錠。チェーンがついた黒革の拘束具。五〇〇ccの太いガラスの注射器に、グロテスクなバイブレーター。その他、なにに使うか想像もできない器具が、ぎっしりと並んでいる。

上杉は、細い一本鞭を手にし、両手の間で柳のようにしならせた。片手を離し、ヒュンッと空を切ってみせる。

「ベッドへ」

あつむはビクッとした。もう一度空気が鋭く唸《うな》り、ピシッ、と床が鳴った。追い立てられるようにベッドに腰かけ、云われるまま踵《かかと》をベッドにのせる。体育座りのような格好だ。上杉は正面の椅子に座ると、脚を開きなさいと静かに命じた。

眼鏡のレンズ越しに、冷ややかな視線が突き刺さってくる。怖い。あつむは、くっつけていた両脚をわずかに開いた。膝頭がかすかに震えていた。

「もっと開けるでしょう?」

「……」

「足首を摑んで。どうしたんです。もうギブアップ? お仕置きしてくださいって頼んだのはあつむでしょう?」

鞭の先端で、あつむのワイシャツの裾をめくる。あつむは唇を嚙み締め、覚悟を決めて摑んだ足首を思い切り開いた。

「いい格好だ」

「あっ」

鞭の先端が股間をグイッとつつく。そして食い込ませるようなタッチであつむの形をなぞり、さらに無遠慮にその奥の秘められた部分にまで伸びてきた。あつむはぎゅっと目をつぶり、閉じそうになる膝を、足首を摑む手に力を入れてこらえた。

「さあ、どんなお仕置きが君にはふさわしいかな。……ここに」

布越しに、クニクニと鞭の先が入り込んでくる。

「太いバイブを入れて、授業を受けてもらいましょうか。オチンチンにはローターを括りつけてあげますよ。授業中に時々リモコンでスイッチを入れてかわいがってあげましょう。いい声が出て、周りに気が付かれてしまうかもしれませんね。あつむがいやらしい変態だって。それとも浣腸《かんちょう》がいいですか。だいじょうぶ、ちゃんと栓《せん》をしてあげますよ。自分では外せないやつでね」

「っ……う……っ」

「そのまま首輪をつけて公園をお散歩するっていうのはどうです？　そう、もちろん乳首にはあつむの大好きな糸を結んで。鈴もつけましょうか。歩く度にチリンチリンと音がしますよ。お腹が痛くて歩けなくなったら、手錠をかけてベンチに置き去りにしましょうか。通りかかった人が、皆あつむを見ていきますよ。中にはかわいがってくれる人もいるかもしれませんね」

「っ……やだ！」

思わず鞭をはたき落とした。はあはあと肩が弾む。上杉はゆっくりと腰を屈めて、鞭を拾いあげ、後ろのカウンターに置いた。あつむは真っ赤になって、体を縮めていた。上杉はその頭を撫でようと手を伸ばしかけたが、触れる寸前で躊躇い、引っ込めてしまった。

「……もう懲りたでしょう？」

どこか、諭すような声。

「こんなのはまだまだ序の口です。奴隷になるなんて、君みたいな子供が好奇心で云うものじゃないんですよ」

「……」

「わかったら帰りなさい。タクシーを呼んであげますから。腰が抜けてまともに歩けないでしょう」

カウンターに重ねてあった分厚い電話帳をパラパラと開く。だが電話のダイヤルをプッシュしようとした上杉は、ベッドのあつむをちらと振り向いて、ぎょっとしたように目を見開いた。あつむは震える手でベルトを外し、制服のズボンを脱ごうとしていた。

「……君ねえ」

頭痛をこらえるようにこめかみを指で押さえつけ、上杉は苛々《いらいら》した溜息をついた。

「いい加減にしなさい。これ以上子供の好奇心につき合えるほど暇じゃない」

「MILKがされたんだったら、おれだってされたい。してくれるまで帰らないっ」

「……まったく！」

大きな舌打ちをして、上杉は、やにわにあつむの体をシーツの上に突き転がした。手首を一纏めに頭の上で固定し、脚の間に手を差し入れる。優しさの欠片《かけら》もなく揉《も》みしだかれ、あつむは苦痛に声を上げた。

「どうしました。こうしてもらいたかったんでしょう？」

「痛、いたい、せんせいっ」

「当たり前だ、痛くしてるんです。ほら、もっといい顔で泣いて、先生を愉しませてごらん？いじめがいのない子に用はありませんよ？」

「んっ、い、あっ、せんせっ」

「もう固くなってる。パンツの中もぐちょぐちょなんでしょう。はしたない子だ。そんなにいじめられるのが好きなんですか?」

「……きっ」

上杉の匂いと、密着した体の熱さに目眩《めまい》を起こしかけながら、あつむは、しゃくりあげるようにか細い声を出した。

「好、き……せんせいが……」

ぴくりと、上杉の動きが止まった。

レンズ越しに、薄茶色の目が、まじまじとあつむを見つめる。

「……なに……?」

キリンみたいな目。溢《あふ》れ出した感情がうねるようにあつむを飲み込み、こらえてきたものが堰《せき》を切って頬を伝った。

「好き。おれ、先生が好き。好きなんだ」

3

「あつむー？　ちょっと、いいかげんに起きなさいよ、いつまで寝てるの！」

　一階で母親が怒鳴っている。

「いま何時だと思ってんの。学校が休みだからってダラダラと！　さっさと起きてお布団干しなさいっ」

「……もう起きてるよ」

　頭まですっぽり被った布団の中で、あつむはぼそっと言い返した。何時間も前からとっくに目は覚めている。ただベッドから出る気になれなかっただけだ。

　今日は一日なにもしたくない気分だったけれど、そんなときでもお腹はすく。セーターに着替えて一階へ行き、遅い朝食を食べていると、母親が、

「どうせ暇でしょ？　ご飯食べたらクリーニング出してきてくれない？」

　財布と衣類を詰めた紙袋を持ってきたので、あつむは少し口を尖らせた。

「どうせ暇だよ」

「高二にもなって、休みの日に家でごろごろゲームしてるだけなんて情けない。たまには彼女とデートでもしてきなさいよ。あ、ついでにお豆腐二丁買ってきてね」

豆腐持ってデートしろっていうんだろうか、うちの親は。

でも暇なのも本当なので、食事をすませてからすぐに出かけた。いつも利用するのは、近所の大型スーパーの中に入っているチェーン店だ。先にクリーニングに衣類を預け、頼まれた豆腐を買うために、食品売り場にぶらぶら向かった。

休日のスーパーは、子連れの親子で賑《にぎ》わっている。豆腐売り場を探しながら歩いていると、ダッフルコートのポケットで携帯電話が鳴った。

メールの着信。ドキドキしながら急いで携帯を引っ張り出したあつむは、落胆した。この頃しょっちゅう入ってくるエロサイトの迷惑メールだった。

溜息をついて、メールを削除した。周りの野菜が、急に新鮮さを失ったように見えた。

……ばかみたいだ。先生からくるわけないのに。


「……帰りなさい」

昨日。ベッドに押さえつけたあつむから、上杉は突然体を離した。

どうして？　戸惑い、まだ茫然《ぼうぜん》としているあつむにコートを放り、タクシー会社に電話をかける。

「……先生……？」

「いつまでそんな格好をしているんですか。みっともない」

「えっ……だって」

「早く身仕度をしなさい。五分でタクシーが来ます」

なんで？　どうして？　あつむの混乱をよそに、上杉は、さっさとSM道具の詰まったトランクを片付け、さあ出ていけとばかりに出入り口のドアを開けて待っている。乱れた服のまま蛍光灯の白々とした明りに照らされて、あつむは、自分だけおいてけぼりにされたような心細さでいっぱいになった。

そんなあつむに、さらに上杉は、追い打ちをかける。

「はっきり云っておきますが、はじめから君を奴隷にするつもりはありません」

「うそ——なんで、だって」

「あの場では、君を納得させるためにああ云ったまでです。好奇心は満足したはずですよ。子供の時間は終わり。もう付きあいきれません」

「……だっ……て」

上杉は次第に苛立ったように厳しい顔になった。

「宿題も、ここへ呼んだのも、客の前で辱めたのも、君を諦《あきら》めさせようと思ってやったことです。挑発してしまった先生にも責任があるし、下手に突《つ》っ撥《ぱ》ねて、万が一出会い系なんかでトラブルに巻き込まれても困る。とりあえず奴隷にしてやると約束しておいて、諦めるように仕向けるつもりだったんですよ。本物のＳＭプレイがどんなものかわかれば、裸足《はだし》で逃げ出すに決まっていますからね」

「ちが」

「まだわかりませんか。出来のよくないオツムですね。だったらもっとわかりやすく云いましょうか」

あつむは首を振った。なにを云っているのかわからない。上杉の言葉が、外国語のように聞こえる。まるで、あつむを傷つけるために言葉を選んでいるみたいに聞こえる。

「君が相手では、先生は勃ちません」


云わなきゃよかった。……好き、なんて。

上杉が態度を変えたのは、告白なんかしたからだ。こみ上げてきたものを押し留《とど》めるように、あつむはきつく唇を結んだ。

頬を冷たい風が撫でていく。いつの間にかスーパーの外に出ていた。ぼんやりしていても、意外と人間は迷子にならずに歩けるものだ。昨日も、マンションを飛び出してから、どこをどうやって歩いたのか覚えていないのに、気がついたら自分のベッドで布団を被って丸くなっていた。

もう一度ポケットから携帯を出す。新着——ゼロ。

しょげしょげの溜息をついて、植え込みの縁に腰を下ろすと、向かいのショーウインドーにあのカラフルな鍋がディスプレーされていた。ル・クルーゼ。鮮やかな赤に黄色、グリーン。そして、こっくりとしたオレンジ色。

林間学校に行く少し前、こんな出来事があった。

学校の敷地に少し前から居着いていた野良猫を数人の女子生徒が構っていて、そこに上杉が通りかかった。

生徒が餌をやろうとしていたのだが、警戒心の強い野良はなかなか寄ってこない。しかし上杉が呼ぶと、おそるおそる距離を縮めてきた。サッと餌をくわえて人間から離れてから、やっと安心して食べはじめる。

「すごーい。先生、猫好きなの？」

「昔、実家で飼ってたんです。もうだいぶ前に死んでしまったけど」

「あ、うち飼ってるよ。アメショー」

猫はもっと餌を欲しそうにしていた。上杉がもう一度手の平に餌をのせると、今度は少し警戒を緩めて近づいてきたが、体を撫でようとした生徒にびっくりして、あっという間に植え込みの中に逃げ込んでしまった。

「うちのは雑種でした。拾ったときは、まだ手の平にのるような仔猫でね。雨の日に自転車小屋でニーニー鳴いてたんです。とりあえず雨の当たらない軒下に移動させて帰ろうとしたら、ヨタヨタとあとをついてくるんですよ。うちは鳥を飼っていたので連れて帰れないし、困ったなと思ったんですが、濡れた小さな体を震わせながらつぶらな目で見上げられると、もう手放せなくてね。ポケットに入れて連れて帰りました。しばらくは家の中でも先生の後ばかり付いてきて、ご飯を貰ってお腹がいっぱいになると、手の平の上でこうやって丸くなって寝るんです」

植え込みから鼻先だけ出している野良を見つめる上杉の目は、とてもとても優しかった。

「とても利口な子でね。はじめは鳥のことが心配だったんですが、一緒に飼われていることがわかるのか、鳥がケージから脱走して近くに来ても絶対に手を出しませんでした。庭に来るスズメには窓ガラス越しに飛びかかろうとするのに」

「へえー、アタマいい」

「寝るときは必ず先生の布団に入ってくるんです。弟が、一緒に布団で寝ても明け方抜け出して兄貴の布団で寝てるって、よくふてくされてました」

「そんなに好きなら、また飼えばいいのに？」

何気なくそう云った生徒に、そのとき上杉は、ふっと微笑を浮かべたのだ。ほんの一瞬、さみしそうに。

「そうですね。……また出逢《であ》いがあれば」

じゃあ放課後一緒にペットショップに行こうよ、と提案し、上杉にやんわり躱《かわ》された生徒に、なんであいつらはわかんないんだろうと内心あつむは苛立った。

一匹の猫を亡くしても、また次の猫を飼う人もいる。でも飼えない人だっている。上杉は、飼えない人なのだ。そしてペットショップでお金を払って手に入れる愛情よりも、一生巡りあえるかどうかわからない運命の出会いを信じている、古くさいロマンチストなんだと。

……たったそれだけの出来事だった。

だけれども、いつの間にか気がつくと、あつむの視線は、そのロマンチストを追いかけるようになっていた。

見るのも厭《いや》だった数学も、上杉に教えてもらえるから頑張れた。上杉の弟が紹介されたインテリア雑誌を、本屋を梯子《はしご》してまで探してゲットしたのは、少しでも上杉のことを知りたかったからだ。東町の高級マンションに住んでいることを知っていたのは、上杉に関することなら、どんな小さなことでもアンテナを立てていたからだ。

好きだったんだ。ずっと。

特別になりたかったのは、二人だけの秘密が欲しかったのは、好きだったからだ。

なんで男の自分が同じ男を好きになってしまったんだろうと、憧《あこが》れやただの好意を恋愛感情と勘違いしているんじゃないかと、死ぬほど悩んだ。でもやっぱりそれが恋だとわかったとき、一生の秘密にしようと心に誓った。

知られたら、きっと気持ちが悪いと思われる。受け容れてもらえるわけがないと思った。

好きな人に嫌われるのは怖かった。

だから、上杉にＭＩＬＫという愛奴がいるのを知って、色々な意味でショックだった一方、嬉しくもあった。だって少なくとも、あつむのことを気持ちが悪いと思われる可能性だけはなくなったのだから。

だけど――

潤んだ目の中で、オレンジ色が滲んでぼやける。上杉のキッチンにあったオレンジ色の鍋。あの鍋に入れるくらい小さくなって、先生と一緒にいたいと、あつむは思った。


「あれ？　君、上杉先生のところの子じゃない？」

キッチン用品売り場から出たところで、後ろから来た男に声をかけられた。

「ああ、やっぱり。あつむくんだっけ？　やあ、昨日はどーも」

顔を見て、あつむは顔をしかめた。口髭のひょろりと痩せた男。昨日上杉のマンションに訪ねてきた男だ。

「今日は買い物？　先生は一緒じゃないの？」

「……」

あつむは、持っていた紙袋を体の後ろに隠すようにして、むっつりしたまま踵《きびす》を返した。

口髭が足早に追いかけてくる。

「待ってよ、逃げなくてもいいじゃない。あー、もしかして昨日のこと怒ってるのかな？　ごめんごめん、この通り、謝るから機嫌直してよ。あの後先生にも叱られちゃってね。やー、おっかないのなんの」

「嘘だ。……先生が怒るわけない」

ふてくされながらもあつむが口をきいたので、口髭は馴《な》れ馴《な》れしくぶつかるほど肩を近づけてきた。

「昨日はおれもちょっと冗談が過ぎたよね。反省してる。あつむくん、いま時間ある？　よかったら昨日のお詫《わ》びにコーヒーでも奢《おご》らせてよ。ね？」

「喉渇いてない」

「じゃあメシでも。お腹空いてない？」

「ない」

「冷たいなあ。先生に、おれと口きいちゃいけないって命令されたの？」

「べつに」

さっさと振り切りたいのに、こんなときに限って信号にひっかかる。

「ならそんなに冷たくしなくてもいいじゃない。上杉先生の機嫌を損ねると、ボクも立場上、いろいろまずくてね」

「おれなんかより、ＭＩＬＫの機嫌取れば？」

今のってやな云い方だ、とあつむは自己嫌悪になった。

「ＭＩＬＫ？　どうして？」

「先生はおれのことなんかなんとも思ってない。だからおれになにしたってムダ。奢るんだったら、ＭＩＬＫに奢れば？」

「いや、奢るっていってもなあ、ＭＩＬＫは――」

ふと、口髭は口ごもり、なにか思いついたような顔つきで鼻の下をかいた。

「……あのさ、君はＭＩＬＫと先生のこと、どこまで知ってるの？」

あつむはキッと口髭をにらんだ。

「うるっさいなあ。なんでそんなことあんたに云わなくちゃなんないんだよっ」

「ごめんごめん、いやボクもＭＩＬＫのことはよーく知っててね。そうかあ……あつむくんはまだＭＩＬＫに会ったことがないんだ。まあ、先生にとって、ＭＩＬＫは特別だから無理はないかな」

「……………」

特別。上杉の特別。――あつむの胸は、きしきしと痛んだ。

「……どんなやつ？　ＭＩＬＫって」

「そうだなあ……うーん。ああそうだ、これから近くのスタジオで撮影会があってね。といっても集まるのは素人《しろうと》カメラマンばっかなんだけど。――実はそこにね、ＭＩＬＫも呼んであるんだよ」

弾かれたように見上げたあつむに、口髭は、疚《やま》しいところなど微塵《みじん》もございません、というような、親しみのある笑顔で名刺を差し出してきた。角谷《かどたに》、という名前だった。

「あつむくんさえよかったら案内するけど。どうかな、よかったら一緒にちょっと覗いてみる？」


角谷は小さなゲーム開発会社を経営していて、上杉とは学生時代、バイトの仲間だったと、タクシーの中で説明してくれた。

バイトはゲームソフトのプログラミングで、「まさか彼が学校の先生になるとは思わなかったよ」と笑った。めったに客は来ないと云っていた上杉が家にあげるくらいだから、きっとかなり親しい仲なんだろう。

タクシーに乗るとき、あつむはわざと少し離れて座ったが、角谷は昨日とは打って変わって礼儀正しかった。当時開発に関わったゲームのことや、上杉が辞めるとき社長直々《じきじき》に引きとめられたことなど、面白く話してくれ、思ってたより悪い人じゃないのかも、とあつむの警戒心がぐらつきはじめた頃、タクシーが停まった。

そこは小ぎれいな、新しいマンションだった。この一室が貸しスタジオになっているらしい。角谷がインターホンを押して名乗ると、年嵩《としかさ》の感じの男の声がすぐに応じ、オートロックの玄関を開けてくれた。

「今日はネット仲間の撮影会なんだ。みんな気さくでいい人だから、緊張しなくていいよ」

「……ＭＩＬＫ、もう来てる？」

「もちろん。先に撮影をはじめてるはずだよ」

案内された部屋には表札は出ていなくて、玄関も普通のマンションと同じような造りだ。スリッパに履き替えてガラス格子のドアを開けると、リビングルームのような広い部屋のソファに、中年の男が二人座っていた。スタジオとは思えないような普通の部屋だが、隅には撮影用の大きなライトが置いてあったり、ケーブルが丸めてある。

部屋にいた男は片方はポロシャツ、片方はボタンダウンのチェックのシャツで、二人ともあつむの父親より歳上に見えた。角谷の後ろから入ってきたあつむを一目見るなり、「おおー」とどよめき、いきなりカメラを構える。あつむは驚いて角谷の背中に思わず隠れた。

「ははは、岩田《いわた》さんも沢口《さわぐち》さんも落ち着いてくださいよ。びっくりしてるじゃないですか。彼は飛び入り参加のあつむくんです。あつむくん、こちらはボクのネット仲間。お医者さんと、有名企業の社長さんなんだよ」

「……こんにちは。よろしくお願いします」

小さい頃から、挨拶だけはきちんとするように親に教えられて育ったあつむだ。面食らいながらもお辞儀をすると、医者と社長は「おおー」とまたどよめく。

「ちゃんと躾ができてるねえ。あつむくん、何年生？」

「……高二です」

「かわいいねえ。さ、こっちに来て座りなさい。緊張しなくていいからね」

「なにか飲むかい？」

……なんか、異常に歓迎されてる？

「あの、角谷さん、ＭＩＬＫは？」

「ん？　ああ、きっと着替えてるんだろう。こっちだよ」

角谷は奥のドアを開けた。

心臓がどきどきしてきた。

どんな奴なんだろう。ＭＩＬＫ――先生の〈特別〉。

紙袋を握り締めた手の平が、緊張してじわっと汗をかいた。あつむは小さく息をひとつつき、足を踏み出した。

そこはベッドルームだった。カーテンがしまっていて薄暗い。ダブルベッドが中央にあり、正面に天井から大きな鏡が固定されている。目を凝らして隅々まで見回したが、人がいる気配がない。

「角谷さん、誰もいない――」

振り向こうとしたあつむの手が、すごい力で背中に捻り上げられた。

なにがなんだかわからないうちに、冷たい金属の輪がかけられ、軽々と抱き抱えられてベッドに放り投げられた。パニックになりながら起き上がろうともがくあつむに、正面から、目がくらむほど眩《まばゆ》いライトが当てられた。

「さあ、じゃ、脱いでみようか」

「待ってくれ角谷くん。まず服の上から軽く縛ったところを一枚頼むよ。こう、脱がされかけの乱れた感じをね」

「後でもうひとり来るんだろ？　ぜひ絡みを撮りたいねえ」

「ははは、お二人とも好きですねえ。いいですよ、絡み、いきましょう」

医者と社長が、カメラを構えている。呆気《あっけ》に取られているあつむに撮影用のスタンドライトを当てているのは、角谷だ。そこに至って、あつむは自分の手に手錠がかかっていることにようやく気づいた。

「な……なにっ？　なにすんだよ！」

「そんなに驚かなくてもいいんだよ。あんまりあつむくんがかわいいからね、モデルになってもらいたいんだよ」

だまされたのだ。

二つのライトの位置を固定すると、角谷は壁のクローゼットから、大きめのトランクを引っ張り出した。厭な予感に首筋の毛がゾワゾワと逆立つ。

「ふざけんなよッ！　そんなの聞いてない！　これ外せよっクソジジイ！」

「おおっと。元気いいなあ、おチビさん」

ベッドから跳び下りたあつむを、再びトンと突き転がす。小柄な体がスプリングのきいたベッドの上で弾む。そのときちらっと見えたトランクの中身に、ゾッとした。首輪、蠟燭、束ねたロープ、浣腸器……鞭。

「ＭＩＬＫのことを知りたいんだろ？　おとなしくしてたら後で教えてあげるからさ。大丈夫大丈夫、こちらは二人とも紳士だから、そんなにひどいことはしないよ。ただちょっとだけね、かるーく縛って写真を撮るだけだから。どうしても嫌なら服は着たままでもいいからさ」

「ぜったい、やだっ！　どけクソジジイ！」

近づいてきた角谷にキックを繰り出す。弁慶の泣き所に入り、ウッ、とうずくまった角谷は、逃げ出そうとしたあつむの手錠の鎖を摑んで手繰り寄せ、またベッドに突き転がすと、ピシャリと平手で尻を打った。

「このチビ。甘い顔してりゃつけ上がりやがって」

「はなせよ！　クソ野郎！　はなせっ！」

「そういえば昨日のお礼もまだだったよな。見ろよ、おまえの歯形がくっきり残っちまった。躾のなってない奴隷には、きつーい調教が必要だな」

「ち、ちょっと、角谷くん。だいじょうぶなのか？」

カメラを三脚にセットしていた社長が、おろおろと口を挟んだ。

「トラブルになるのはまずいよ。その子未成年なんだろう？」

「今更なにをビビッてるんです、先生。本物の現役高校生を撮影できるチャンスなんてそうはありませんよ？」

それもこんな極上のマゾ奴隷ですよ、とあつむの顎を摑んでカメラに向けさせると、社長は赤くなり、俯いてレンズを拭《ふ》きはじめた。

「なーに、ちょっとかわいがってやればその気になりますよ。なあ、あつむくん？　君だって、学校の先生とＳＭごっこしてるなんてバレたら困るだろう？　二、三時間我慢してればお小遣いが入るから。それに君だって、こういうプレイ……嫌いじゃないだろ？」

湿った、生温かい指が、耳朶を撫でていき、急に後ろに回ってぐっと尻を摑んだ。

あつむは悔しさと怒りに言葉を失った。バラされたって自分はいい。こんなやつを信じて、のこのこついてきてしまったのが悪いのだから。だけど、上杉に迷惑をかけるわけにはいかない。もしあつむとのことがバレて、教師を辞めなければならなくなったりしたら——

急におとなしくなったあつむを見て、角谷は得意気ににやにやした。

「そ、そろそろはじめていいかね」

「どうぞどうぞ、本物の男子高生ナマ撮りです。こんなチャンスめったにありませんよ。じゃんじゃん撮って下さい」

バシャバシャバシャッ、と連続してフラッシュが光った。

医者と社長は、あつむをひっくり返したり座らせたりと、さかんにポーズをつけさせた。コートと上着を脱ぐとき一度手錠を外されたが、逃げることはできなかった。

もし逃げられても、角谷があることないこと学校にバラすかもしれないと思うと、抵抗もできない。だが、「縛られるの、好きかな?」と医者が血走った目でロープの束を手に鼻息荒くベッドに上がってくるのを見て、吐き気がこみあげてきた。

ライティングをしたりして二人を手伝っていた角谷は、さっきから煙草を喫《す》いに席を外している。

「やだ……気持ち悪い……」

「そうかそうか、よーし。大人しくしてるんだぞ……先生がお注射で気持ちよくしてあげるからねえ」

ハアハアと生臭い息が顔にかかる。本当に吐き気がこみあげてきて、涙まで出てきたが、医者はお構いなしだ。涙目で体を丸めて震えているのを恥ずかしさのせいだと勘違いし、カーゴパンツのウエストを緩め、勿体をつけるように少しずつ少しずつ、ずり下げていく。社長もカメラを構えて、アップで何枚もシャッターを切っている。

ごめんなさい、先生。

あつむは吐き気をこらえて、きつく歯を食い縛った。こんなやつらにやられちゃうのは嫌だ。でも、先生のことは守るから。ぜったい、おれ、守ってみせるから。

そのときだった。

「ちょっと！　困りますよ先生！　今日は身内の撮影会で――」

廊下から、焦りまくっている角谷の声が聞こえてきた。医者と社長が不安げに顔を見合わせる。二人とも、未成年にこんなことをしているのがバレたら大変まずい立場だ。

逃げるなら今だ、だけど角谷が――。躊躇《ちゅうちょ》して横たわったままでいるあつむの耳に、信じがたい声が飛び込んできた。

「どけ。あの子がここにいることはわかってるんだ」

心臓が、どんっ、と太鼓のように鳴った。この声。間違えるはずがない。

あつむの目の前で、ドアは開いた。いつもの背広にウールの白っぽいコートで、上杉がそこに立っていた。

「あれほど釘を刺したのに、あんたも懲りないな。未成年者略取と監禁、暴行で警察に突き出すこともできるんだぞ」

上杉の冷静な言葉に我に返った医者と社長が、支えていた手をパッと離した。

「ご、誤解しないでくださいよ。なあ、あつむくん？」

無理強いなんかしてません。その子が小遣い欲しさについてきたんですよ。


第一写真を撮っていただけで、なにもしてませんよ、と角谷一人が悪びれずにやにやしている。上杉が探るような眼差しであつむを見遣った。

ちがう、とあつむは叫びたかった。だけど、そんなことを云ったら、逆ギレした角谷がなにをするかわからない。

俯いて黙り込んでいるあつむに、「ほらね」と角谷が肩を竦める。医者と社長は怖くなったのか、機材を纏めるのもそこそこにコソコソと出ていった。

「待ちなさい」

二人はビクッと立ち止まった。上杉が手を差し出す。

「カメラを。いま撮ったものはすべて置いていってもらいます」

「いや、しかし、これは別の写真も……はい……」

上杉が自らデジカメのメモリーを押収している間、あつむは身の置き所がなかった。ベッドには手錠とロープ、コートは床に脱ぎ捨てられ、カーゴパンツは脱げかけて半分下着が見えている。こんな姿、よりによって上杉に見られるなんて。

「服を着なさい。帰りますよ」

厳かに上杉が促した。あつむは、震える手でコートを着、パンツのボタンを留めた。消えてなくなってしまいたい。唇を嚙み締め、床に投げ出された紙袋を拾って、部屋を出た。

「わざわざお手数でしたね、先生」

角谷は玄関までついてきた。

「しかしねえ、こんなこと云いたくないけど、最近の子は進んでるというか、手に余りますよ。手錠かけてー、縛ってー、でなきゃ感じないんですー、なんてね」

「そんなこ……！」

言い返しかけて、あつむは黙り込んだ。悔しい。でも我慢だ。

「あれれ、照れちゃって。ちょっと撫でてやっただけで感じまくっちゃって、さっきまでアンアン云ってたじゃないの」

我慢。我慢だ。

「おねだりもすごくてね。先生じゃ物足りないのォ、ボクを角谷さんの奴隷にしてえ〜って……」

ガツン、と鈍い音がして、角谷がうずくまった。

拳《こぶし》を振り上げかけた格好の上杉が、呆気に取られてあつむを見下ろしている。あつむは鉄製の鍋敷きを握り締め、ハアハアと肩を喘がせ、大声で叫んだ。

「ふざけんな！　おれのご主人様は、先生だけだ！」

「知人から、角谷が最近SMプレイの撮影会を開いて小銭を稼いでいると情報が入りましてね。なんだか胸騒ぎがして君の家に電話をしたら、買い物に出たきり連絡が付かないっていうから、慌てて角谷のことを調べたんですよ。……間に合ってよかった」

「……ごめんなさい……」

連れて帰られた上杉のマンション。あつむは、カウンターの椅子でしょげ返って小さくなっていた。

角谷は顔面に鍋敷きパンチを食らって、その場で伸びてしまった。慌てたあつむは救急車を呼ぼうとしたが、上杉がそれを止めて「自業自得です」と冷たく云い放ち、ちょうど出勤してきた本当のモデルに手当を押しつけて引き揚げてきたのだった。

「今回のことは、角谷に君を見せびらかした先生の責任です。でも、これからは知らない人についていったりしないように」

「………」

「返事は?」

「……MILKに会わせてくれるって云ったんだ」

コーヒーを淹れていた上杉は、あつむの呟《つぶや》きに、虚を衝かれたように顔を上げた。

「……MILKに会うためについていったんですか？」

あつむはこっくりと頷いた。

「勝手なことしてごめんなさい。先生は悪くないよ。なんか怪しいって思ってたのについていったおれが馬鹿だったんだ」

「そんなことのために……。MILKに会って、それでどうするつもりだったんです？」

「わかんない……。どうするかなんて考えてなかった。ただ会ってみたかったんだ。先生の特別な人がどんな人なのか……」

上杉の大きな溜息。あつむは身を竦めた。すると、上杉が呟くように云った。

「……MILKと話をしてみますか？」

「えっ？」

驚いているあつむの目の前で、携帯を操作しはじめる。話をしてみる……って、チャットとかだろうか？

と、あつむに携帯が渡された。どきどきしながら受け取って画面を見る、と。

「『メール調教GAME／M奴隷MILK』……？」

「それがMILKの正体です」

ぽかんとしているあつむに、再びコーヒーに湯を落としながら、上杉はなんでもないような顔でそう云った。

「ＭＩＬＫというのはゲームのキャラクターです。その子と話ができるのは、メールとネットの中だけなんですよ」


『メールでＭＩＬＫを調教しよう。

バーチャルキャラクターＭＩＬＫを、あなた好みのＭ奴隷に調教するエッチなメールゲームです。メールで命令を送ると、ＭＩＬＫから返事が来ます。

スタートは普通の女子高生です。どんな調教をするかはあなた次第。厳しく？　それとも優しくしつけますか？

ＭＩＬＫの名前は、お好みで変更することができます。あなたのことを『先生』や『お兄ちゃん』と呼ばせることも可能。

また、ＭＩＬＫは男の子バージョンのサンプルを現在サイトにてデモ中です。かわいい男子高校生の調教を楽しみたい方は——』

「これがＭＩＬＫの企画書です」

上杉は書斎から持ってきたぶ厚い書類の束を見せてくれた。

「大学時代、ゲーム関係のプログラムのバイトをしてましてね。その頃の知人が——角谷のことですが、ぼくの性癖を知っていたので、今回の企画を持ち込んできたんです。つまりMILKの調教アドバイザー兼モニターを頼まれたんですよ。MILKは高校生という設定なんですが、調教を進めていくと、奴隷としての言葉遣いをするようになるんです。その匙《さじ》加減がそっちのケのない素人にはわかりにくいので、臨場感を出すために協力を頼まれたんです」

クリアファイルに挟まった企画書には、「社外秘」という赤い判子が押してある。その他にも細かい指定が書き込まれたイラストの分厚い束などがあった。

「少年バージョンは昨日からＤＬ《ダウンロード》できるようになったんです。この間君が見たのは、その最終チェックのためにライターが送信してきたデモだったんですよ」

「じゃ……じゃあ、先生がＭＩＬＫを作ったわけ？」

「いえ、調教メニューを作っただけです。基本設定は企画やデザイナーがやりましたから。最初に説明できればよかったんですが、守秘義務があったのと、規則で教師の副業は禁じられているので……。誤解させて悪かったですね」

ＭＩＬＫが、ゲームのキャラクター……。

全身から力が抜けていった。まさに衝撃の事実だ。架空のゲームキャラのために、あんなに悩んだり嫉妬したり、危ない目にあったりしていたなんて——

「角谷のことだ。どうせ、あつむとの関係を学校にバラすと云って脅したんでしょう？――でもあっちも同じ穴のムジナです。叩けばわんさとホコリが出る身ですからね。心配しなくて大丈夫」

上杉が頭を撫でてくれたので、あつむは、ますます情けなくなった。その手のぬくもりから、どれだけあつむを心配してくれていたか、滲《し》みるように伝わってきたからだ。

ＭＩＬＫのことが知りたければ、直接上杉に問い質《ただ》せばよかったのだ。なんてばかだったんだろう。考えなしに角谷なんかの口車に乗ったせいで、こんなに心配をかけてしまった。

「ごめんなさい……」

「いいんですよ。こうして無事だったんですから。それにあつむは、先生を庇《かば》ってくれたんでしょう？　お礼を云います」

あつむは首を振った。お礼なんかいらない。そんなものほしくない。

「やだったんだ。先生以外のやつに触らせたくなかった」

「わかっています。いい奴隷というのは、主人以外の人間に尻尾を振ったりしないものです。あつむは、とてもいい子でしたよ」

「……ほんとに……？」

「ええ。あつむは正しい振る舞いをしました。褒めてあげます」

あつむは、想いを込めた瞳で、上杉を見上げた。

「じゃあ――じゃあ、……ご褒美、貰える……？」

「え？　ああ……そうでしたね。いい子にはご褒美。なにがいいですか？」

あつむは赤くなり、俯いて小さな声で呟いた。それを聞いて上杉は頷いて、ゆっくりと体を屈めた。

髪を撫でられ、上杉の整った顔が近づいてきて、ゆっくりと唇を重ねてくるのを、あつむはぼんやりと見つめていた。それからやっと、目を閉じることを思いついた。

最初で、最後のキス。

言葉はあんなに意地悪なのに、上杉の舌と唇は優しくて、まるで慣れない恋人を導くように、あつむを甘く咬《か》み、啜り、撫で回して隅々まで味わおうとする。

あつむも、おずおずと上杉の求めに応えた。すると上杉はわざと頬や耳朶にキスをはぐらかす。唇がさみしくて、あつむは夢中で意地悪な年上の男を追いかけた。

やさしく離れた唇が、なにかを思い出したようにくすっと笑った。

「いや、細いのに意外といいパンチをしてると思って。顔にくっきり鍋敷きの模様がついてましたよ」

角谷の顔を思い出して笑ったらしい。

「あれはル・クルーゼの鍋敷きですね。お母さんに買い物を頼まれたんですか？」

違う、とあつむは赤くなった。

「小遣いはたいたんだ。先生とお揃いのが欲しかったから……」

「……」

上杉が黙り込む。沈黙の重さと恥ずかしさに、今度こそ耐えられなかった。

「おれ、帰る。コーヒーご馳走《ちそう》さまでした」

立ち上がったあつむの腰を、なにかが風のように巻き込んだ。

上杉の両腕だった。抱き上げられたあつむは、背中からそよ風のようにふわりとベッドの上に下ろされた。二人分の重みに、スプリングがギシッと鳴いた。

「……困りましたね」

大好きなキリンみたいな目が、どきっとするほど間近であつむを見つめている。

「そんなかわいいことを、先生みたいな大人に云ってはいけません。……いじめたくなってしまう」

「……先生……?」

「MILKという名前はね、ある生徒の名前のアナグラムなんです」

素直な黒髪を、長い指でゆっくりと梳《す》き上げる。

「デキは悪いが一生懸命で、素直で従順、かと思うと跳ねっ返りで目が離せない、仔犬みたいな高校生。MILKのキャラクター設定を初めて見せてもらったときに、真っ先にある生徒のことが頭に浮かんだんです。――わかりませんか？ MILKをカタカナにして、反対から読むと？」

ミルク。反対から読むと？

「そ、それっ、て――」

くるみ。――来海あつむ。

「イメージがぴったりだったんですよ。元気で無邪気でぴょんぴょん跳ね回ってる。でも授業のときは誰より真剣で素直で、一生懸命で……。仮名のつもりで会議で提案したら、そのまま通ってしまったんです」

胸がどきどきした。期待しちゃいけないのに。イメージが合った、っていうだけで、先生はおれが好きなわけじゃないのに。

だけど、だったら、どうしてそんな目で見つめているんだろう？ そんな、胸が疼くような、切なくて熱い目で……？

「先生。おれじゃ、先生のＭＩＬＫになれない？」

誘い込まれるように、あつむは唇を動かしていた。

「ゲームじゃなくて、ほんとの……。素質ないかもしれないけど、先生の命令なら絶対守る。宿題も今度はちゃんとやる。お仕置きも受けるから。だから……」

だから……。

「いいえ。それは無理です」

「おれじゃ勃たないからっ？」

そうじゃありません、と上杉は苦笑した。

「君はＭＩＬＫじゃない。来海あつむでしょう？　あつむを、ただのゲームと同じ扱いなんかできない。そういう意味です」

あつむは、ぼんやりと瞬《まばた》きした。

「よく、わかんない……おれ、また振られたの？」

上杉は優しく笑った。

「いいえ。告白したんですよ」

「でも昨日はっ……」

「生徒には手を出さない主義だって云ったでしょう？　ああ云って追い返さなかったら、主義に反するところでした。……もっとも、君の泣き顔が目に焼きついて、一晩眠れずに悶々《もんもん》としていたわけですが」

「……」

「押しかけ奴隷なんて聞いたことがない。好奇心を満たすだけで満足していれば、こんな男の餌食《えじき》にならなかったのに。ただの生徒と一教師として、普通に卒業を迎えられたはずなのに……」

いや……と、上杉は眉をひそめ、少し照れたような、複雑そうな顔になった。

「詭弁《きべん》だな。君の名前をＭＩＬＫに付けたときには、もう……君に惹《ひ》かれていたんですから」

あつむの唇は震え、眸子《ぼうし》にゆっくりと涙の膜が張った。瞬きをすると、それは頬に零《こぼ》れ落ちた。上杉の唇がそれを優しく吸い取り、あつむの唇まで運んだ。そしてしゃくり上げる唇を、時間をかけて、根気よくなだめ続けたのだった。


桃の皮を剝《む》くみたいに、慎重にセーターが脱がされる。

焦らすようにゆっくりと男の体温が裸の胸に近づいてくるのがたまらなくて、あつむは人差し指を噛んだ。ぺちゃっ…と、わざと水音をさせて、上杉が小さな尖りを下から上に丁寧に舐め上げる。初めて知る舌での愛撫に、あつむは小さな悲鳴を上げ続けた。

「ここ、誰かに触られましたか？」

あつむは首を振る。医者と社長は体に直接触るよりも、カメラで撮るほうが興奮するらしかった。

「あとで現像してみましょうね。あつむの恥ずかしい姿、先生が見てあげますよ」

「や、せんせっ……」

「こっちが苦しそうですね」

「あっ！」

下着の中に、上杉の手が滑り込む。初めて他人の手の平に包まれ、あつむは火のように熱い息をついた。

「んうっ、せんせ、あ、あ」

ぬるぬると穴をいじり回しながら、裏筋をきつく扱かれる。初心者のあつむは応え方もわからず、ただ腰をよじり立て、上杉の胸板に額をくっつけてすすり泣くことしかできない。

首を振ると、愛撫をすっと緩めてしまう。爪《つめ》でそっと撫で上げたり、疼《うず》く乳首を思い出したように揉み潰したりして焦らす。

「せん…せっ、やだっ……おかしくなっちゃうよぉっ……」

「おかしくなりなさい。あつむの恥ずかしい姿が見たい。おねだりしてごらん。先生にどうしてもらったらもっとおかしくなれる？」

「わ……かんな……っ」

「考えなさい」

首を振ったあつむだったが、もう一度焦らされると、限界だった。唾を飲み込み、唇を開く。

「オ…オチンチン……扱いて……」

「いやらしいですね、あつむは。そんなおねだりして、恥ずかしくないんですか？」

「やっ……」

「いや？　いやじゃないでしょう？　恥ずかしいことを云って、いじめられて嬉しいくせに」

「んっ、あっ、せんせっ」

「マゾ」

その言葉を囁かれた途端、ビリビリッと、電流が体を縦に裂いたような快感が走った。

その反応は、上杉にもダイレクトに伝わった。一瞬驚いたように手の動きが止まり、そして今度は、焦らすような手つきで愛撫をはじめた。

「ん、あっ、せんせっ、もっと」

「マゾのあつむは、先生にオチンチンを扱いてほしいの？」

「ほ……しいっ」

「たっぷりミルクを搾り取ってほしいんですね？」

カクカクと頷く。

「きちんと言葉で云いなさい。命令です」

命令。

ぞくぞくっと快感の慄《ふる》えが背筋を駆け上がる。呼吸が苦しいほど速くなる。

「あつむ……は、い……淫乱な、マゾです。オチンチン扱いて、いっぱいミルクを搾ってください っ」

どうなっているんだろう。恥ずかしい言葉を口にすると、体の芯からトロリととろけ出してしまいそうだ。

「かわいいですよ……あつむ。食べてしまいたい」

とどめを刺すように、上杉の手が、張り詰めた性器を扱き上げた。乳首を甘噛みされながら、親指の腹を裏筋に当ててキュウッと力を込められると、閃光《せんこう》があつむの全身を貫いた。

「い、いいッ、いくッ、いっちゃ……！」

体の奥でふくれ上がった白い光が、パチンッと弾けた。

「……あ、……あ……」

せわしく喘《あえ》ぎながら、あつむは上杉の腕の中でぐったりと弛緩《しかん》した。とろとろと流れた精液が、腹部に筋を作る。

「……あつむ……」

熱い吐息に耳朶をくすぐられて、あつむは、そっと瞼を開き、どきりとした。吐息よりも熱っぽい、今にも喰らいつきそうに飢えた、雄の両眸がそこにあった。

「先生……」

イッたばかりのそこが、またびくんびくんと勃ち上がるのがわかった。オナニーしてるときだってこんなふうになったことないのに。

いつもと違う自分の体に狼狽《うろた》えるあつむに、上杉はキスを降り注いだ。汗ばんだ額に、髪に、耳朶に、顎……唇にも。何度も何度も。そうしながらあつむの手を取り、自分の性器へ導く。

初めて触る他人のそれ。指が火傷《やけど》しそうに熱くて……大きい。思わず怖くなって手を引っ込めようとすると、上から大きな掌《てのひら》が包み込み、あつむの指ごと擦り上げる。すぐにぬるぬるとした先走りが垂れてきた。

……感じてくれてるんだ……。先生……おれの手で。

胸がどきどきした。唇を重ねて、拙《つたな》いながらも懸命に舌を絡める。舌先が触れると、頭がぼうっと霞《かす》むほど気持ちいい。手の中で先生のペニスが固くなる。あつむの勃起した先端からも、蜜が下腹にとろっと零れた。それに気付いた上杉が、意地悪な目であつむを見下ろす。すごく嬉しそうに。

「こんなに濡らして……いやらしい子だ。いいですよ、何度でもいきなさい」

「やだ、一人じゃっ……」

上杉の眼が驚いたように少し見開かれる。

あつむは潤んだ目でじっとその目を見つめた。

「あつむ……?」

「おれを、ちゃんと先生の……ご主人様のものにしてっ……」

やにわにきつく抱き締められた。唇が重なる。

いいんですね？——囁くような低い問いに、熱に浮かされたように頷く。

「っあ……あ、ん……っ……」

たっぷりとジェルがまぶされた指が尻の奥をまさぐる。冷たさと気持ち悪さに思わず体が竦むと、上杉はキスと性器への愛撫であつむの気を逸らし、根気よくなだめながら下拵《したごしら》えをしていった。やがて三本の指がゆっくりと出入りできるようになると、あつむに自分で膝裏を抱え上げさせ、奥に自分のものを宛《あて》がった。

「あ——あ、あ、あっ……苦しっ……せんせっ……！」

「苦しい？　そんな声を出して？　苦しいだけじゃないでしょう」

狭いところをリズミカルに抉《えぐ》られ、圧迫される苦しさ。なのにペニスからはトロトロと蜜が止まらない。上杉の体も燃えるように熱くなっている。思わずひとりでに腰が揺れていた。

「ああっ、ああっ、いいっ……」

「あつむの中もすごくいいですよ。熱くてよく締まって……とろけそうだ」

「いく、いっちゃう、せんせっ……」

「先生じゃない。間違えるな」

掠《かす》れた声で叫んだ刹那《せつな》、お仕置きだというように、左の乳首をきつく抓《つね》られた。

同時に右の乳首を口に含まれ、吸いながら舌で転がされる。痛いのと気持ちよさと、初めて知ったアナルの快感がないまぜになってあつむに襲いかかった。

「ご主人様、いくぅっ……」

「あつむ……っ！」

反り返った細い体を押さえつけるようにして、上杉の律動も激しさを増した。二度目もたっぷりと射精したあつむのペニスに指を絡め、残滓《ざんし》を絞り出しながら、上杉は愛奴をきつく抱き締め、最奥《さいおう》で激しく弾けさせた。


ところであの日以来、あつむはシュークリームを食べていない。

クリームの甘い匂いを嗅《か》ぐだけでとてもエッチな気分になってしまうので、上杉から禁止命令が出てしまったためだ。

そしてその先生はといえば、いまやどんなクリームよりもとろかされてしまっている。

彼だけの、甘いＭＩＬＫに。

彼の犬、彼の仔猫

「さっきから携帯いじって、なに熱心に見てるんだ、匠《たくみ》？　仕事のメール？」

「ああ、いえ。ゲームの広告メールが入ってきたんでアクセスしてみたんですけど、最近は妙なものが流行《はや》ってるんですね。メールでＭ奴隷を調教していくＳＭゲームだそうですよ」

「ふーん」

「サイトにサンプルがのってるんですけど、よくできてるんです。ご主人様と奴隷のやりとりが妙にリアルで」

「どれ？——ああ。こういうのはうちの兄貴が好きそうだな」

「お兄さん……確か高校の先生でしたね」

「昔はバイトでゲームのプログラムをしてた。最近会ってないけど、どうせ生徒をはべらせてよろしくやってるんだろ。どういうわけか、昔からガキや猫を手なずけるのだけはうまかったからな」

「猫って、昔飼ってた？　あれ、お兄さんの猫だったんですか」

「………」

「……ワン」

「匠？　なに」

「ワン」

「おい。……くすぐったいよ」

「クゥーン……」

「……一緒に寝る？」

「……ワン」


「あ、先生、先生の弟が新聞に載ってるよ。ほら、ここ。上杉紀章《うえすぎきしょう》の作ったベッドがなんとかデザインコンクールで、日本人として初の受賞だって。すごいねー」

「こら。あつむはいま猫になってるんですから、新聞なんか読めないはずでしょう？　そんなものほっといてこっちへいらっしゃい。喉撫《のどな》でてあげる」

「ニャー。ごろごろ。腹減ったニャー」

「よしよし、運動もすんだし、なにか食べましょうね。ご飯炊いてないから、ピザでも取りますか？」

「がぷ」

「いたた、あつむ、そこ噛《か》まないでください。使い物にならなくなってしまう」

「やだニャ。先生が作ったご飯が食べたいニャ！」

「はいはい……参りましたね。どうも甘やかしすぎてしまったかな。これじゃどっちがご主人様だかわかりませんね」

「ニャー」

「……このいたずらっ子。一から躾《しつ》け直しましょうか」

「ウニャ！　ニャー……あ……」

キャンディミルク

「もう一度だけ訊《き》くぞ……匠《たくみ》」

身を屈《かが》めた上杉《うえすぎ》が、匠の耳もとに囁《ささや》く。

優しく、そして体の芯《しん》に響くような低い声音が、ゾクッと背筋を震わせる。

「おれの留守中、誰も訪ねてこなかった。……さっきは確かにそう云《い》ったよな。じゃあ来客用のコーヒーカップがそのテーブルにあったのは、どういうわけなんだ？」

達磨《だるま》ストーブが赤々と灯《とも》るリビングルーム。

背もたれのない椅子《いす》に腰かけた匠は、背中で組むように命じられた両手をギュッと握り合わせた。

既に肩と二の腕が重く、痺《しび》れはじめている。自力で長時間この姿勢を続けるのはかなり肩に負担がかかる。縄や拘束具を用いられたほうが、見た目には厳しく映るが、実際にはずっと楽なのだ。

「しかもカップはまだ温かかった。ってことは、おれが帰る直前までここに誰かいたってことだ。自分で使ったって言い訳は聞かない。匠のマグも横にちゃんとあったんだから。……そうだろ？」

質問に、匠ははっきりと頷《うなず》いてみせた。

リング状の口枷《くちかせ》を嵌《は》められてこじ開けられた唇からは、どんなに喋《しゃべ》りたくても呻《うめ》き声しか絞り出せない。質問をしている上杉も、それは重々承知でさらに質問を重ねる。

「なら、どうして誰も来てないなんて嘘をついた？……誰を庇《かば》ってる？」

ひんやりと冷たい指の節が、そっと匠の頰《ほお》を撫《な》でた。羽でくすぐられるような優しいタッチに、皮膚の上をぞくっと震えが走る。背中で組んだ手が汗を掻いている。

その様子に、上杉は面白そうに目を細めている。これからなにをされるのか、期待と、それ以上の不安とに匠の体と心が満たされ、張り詰めているのを、彼が心から愉《たの》しんでいるのが、匠にはわかる。

――ダメだ。

汗ばんだ手の平をぐっと組み合わせる。皮膚に爪を立て、どうにか自分を保とうと努めた。眼鏡の奥から冷たい目で見下ろされているだけで、調教された体は火照ってきてしまう。彼の手で、残酷にそして理不尽にいたぶられ、辱められることを期待してしまう。

でも、いけない。いま、ここではだめだ。

匠は無意識に、リビングの奥にあるドアに視線をやった。

ウォルナットのドアは、リングの奥から絞り出される声を遮ってくれるほどの厚みはない。きっと聞こえてしまう……はしたない声が。

「隠れて悪いことをしようとしてたんじゃなければ、嘘をつく必要はないだろ。正直に話してくれ。おれがいない間に、どんな男を引っ張り込んだんだ？」

上杉はそう云いながら、リング状の金属の中に長い人差し指をゆっくり差し入れると、短く切り揃《そろ》えた爪《つめ》の先で、上顎《うわあご》を引っ掻《か》いた。

むず痒《がゆ》い刺激に呻き声が漏れる。そんなことはしていない、あなたを裏切ったりしない、そう云いたくても、言葉を発することもかぶりを振って否定することもできない。もしかぶりを振って、口の中を撫でられることを拒否したと捉《とら》えられれば、どうなるか――

口枷のリングから涎《よだれ》が滴り、冷たく喉《のど》に伝い落ちた。上杉が片手を匠の後頭部に添わせ、グイと髪を摑《つか》んで引いた。苦しむ匠を見下ろす彼の目は、ぞっとするほど優しい笑みを湛《たた》えている。

「どうした。言い訳があるんじゃないのか？　黙ってたらわからないだろ？」

喋れないように口枷を嚙《か》ませたのはあなたのくせに。

「さあ、これが最後のチャンスだ。五つ数える間に、正直に話して許しを請え。――五。四、三……」

1

「そういえば、兄貴におれたちのこと話したよ」

最愛の恋人であり、昨年からはデザイン事務所の共同経営者ともなった上杉紀章《きしょう》の口からそんな言葉が出たのは、ある日の朝食の席でのことだ。

二人とも朝はしっかり取ると決めている。黄金色に焼いた分厚いトースト、マッシュルーム入りのトマトソースをかけたオムレツ、たっぷりのサラダと蕪《かぶ》のポタージュスープや、キウイフルーツを添えたヨーグルトなどが賑々《にぎにぎ》しくテーブルに載っていた。

以前は食事の支度は上杉の担当だったが、この家で一緒に生活するようになってからは、交代で作るようになった。今朝のポタージュも、週末に匠が作っておいたものだ。具沢山のスープは纏《まと》めてよく作り置きしている。簡単で栄養があるし、男二人の生活で不足しがちな野菜も補える。

サラダのドレッシングも匠の手作りだ。塩と上質のオリーブオイルとビネガーで作るシンプルなやつだが、一人暮らしの頃は、サラダなんてたまにコンビニで買う程度、ドレッシングを家で作るなんて考えたこともなかったのだから、ずいぶん変わったものだ。上杉とつき合いはじめて一番変わったのは食生活かもしれない。おかげで会社の健康診断で引っかかることもなくなった。

朝陽の射す庭では小鳥が囀《さえず》っている。ぼんやりとそれを聞きながらトーストにバターを塗っていた匠は、半ば上の空で「そうですか……」と返事をした。

もともとあまり朝は強くない。昨夜も遅くまでたっぷりと可愛がられて寝不足気味で、いきなりのカミングアウト話に、覚醒《かくせい》したばかりの脳がまだついていけなかったのだ。

「前にも話したけど、うちはもう両親亡くなってて、兄貴はゲイで結婚もしてないし子供もいないから、もしおれになにかあったらこの家や財産は兄貴のものってことになる。でもおれはすべて匠に遺すつもりだから、兄貴には権利放棄してもらうことになった。近々、弁護士を入れて正式な書類にするから。……匠？　聞いてる？」

え、と匠はトーストを手にしたまま顔を上げた。

「いまなんて云ったか、聞こえてた？」

「え？　ええ、もちろん……故郷のお兄さんにおれたちのことを話したんでしょう？　それで弁護士を入れて……弁護士？」

上杉が苦笑を浮かべてコーヒーを飲んでいる。その悪戯《いたずら》っぽい笑みを見て、匠は初めて目が覚めた。

「ちょっと待って下さい、最初から……話したっていうのは、まさか——」

「心配しなくてもいいよ。云ったろ、兄貴もゲイだって。おまけに、現役の高校教師の分際で奴隷がいるくらいの被虐嗜好者《サディスト》だから、おれと匠の関係くらいどうってことない。権利放棄のことも二つ返事だったよ」

上杉に兄がいることと、故郷の進学校で教鞭《きょうべん》を執っていることは以前から知っている。先日、都内に住む親類の結婚式で上京した際に顔を合わせる機会があり、共同経営者として簡単な挨拶《あいさつ》をさせてもらったが、痩身《そうしん》眼鏡の、知的なムードを漂わせた紳士だった。

母親譲りだという切れ長の目は兄弟よく似ており、背丈は兄のほうが高い。顔立ちは弟の紀章のほうがシャープで、兄は草食系の柔和な印象だった。おそらくデザイナーと公務員という職業柄の違いもあるのだろう。

二つ違いの兄弟は、両親が他界して以来、顔を合わせるのはどうしても外すことのできない親類筋の冠婚葬祭の席のみというドライな仲ながら、「ゲイなのと、SM嗜好だけは昔からよく似てた」らしい。

「田舎だったしネットも今ほど発達してなかったから、昔はエロ本手に入れるだけでも一苦労だったんだよな。兄貴の秘蔵品にはよく世話になったよ。一度、大学時代に歌舞伎町《かぶきちょう》のSMバーでばったり出くわしたときはさすがにお互い気まずかった」

そんな昔話を、朝からのんびり懐かしげに語る恋人に、口の中のトーストをコーヒーで急いで飲み下してから、匠は恐る恐る訊《たず》ねた。

「……話したって、どこまで？」

「アナル調教がすんでトコロテンでいけるようになったのと、この間から尿道拡張を始めたってとこまでは話した」

「いつ?」

「こないだ披露宴で上京したとき……いや、その前か」

トーストを飲み込んでおいてよかった。喉に詰まらせるところだった。それでは、ホテルのロビーで挨拶したときにはもう関係を知っていたのだ。それどころか、尿道拡張のことまで……どんな顔で見られていたのか、考えただけで恥ずかしさと居たたまれなさで顔が熱くなってくる。

そんな匠を、上杉は椅子に置いていたタブレット型端末を立ち上げながら、悪戯っぽい目でちらっと見遣《みや》った。フリックした画面に、制服姿のほっそり小柄な少年の画像が現れる。

「これが兄貴の奴隷。名前は来海《くるみ》あつむ」

「……高校生?」

「そ、自分の教え子に手を出した鬼畜教師だよ。この写真は数年前ので、いまは大学生になってる」

もう一枚は、二人で写った写真。後ろに見えるのは沖縄《おきなわ》の首里城《しゅりじょう》だろう。青空をバックに笑顔で写っている。こちらは最近撮ったらしく、確かに制服の写真より顔立ちが大人びているように見えた。

聞けば、上杉の兄は「ＭＩＬＫ」という携帯用アダルトゲームのアドバイザーをしていたことがあり、主人公の「ＭＩＬＫ」は彼の名前のアナグラムらしい。

匠も何度かゲームしたことがあるが、普通の高校生を従順な奴隷に調教していくシミュレーションだ。主《あるじ》の淫《みだ》らな命令に反抗しつつも、抗《あらが》いきれずじわじわと奴隷に堕《お》とされていくＭＩＬＫの細やかな描写にドキドキしたのを覚えている。

それにしても、こんな普通の大学生がＭ奴隷だとはとても……と思いながら眩《まばゆ》い笑顔を見つめていた匠は、ふと、彼が陽焼けした首に堂々と真っ赤な首輪をしていることに気付いて目を丸くした。真っ白なＴシャツの襟《えり》から完全にはみ出している。細いチョーカーに見えないこともないが、これは間違いなく、首輪だ。

「この子も匠と同じで、羞恥《しゅうち》プレイ好きらしい」

タブレット画面に指を滑らせてあつむの首もとを拡大しながら、上杉はちらっと匠の顔を見遣った。

「けど匠のほうが上だな。こんなふうに人前で首輪をつけて歩けないもんな。それだけで先走りでヌルヌルになってお漏らししたみたいになるだろ？」

「……朝からなに云ってるんです。早く食べちゃって下さい。遅刻しますよ」

そう云いながらさっさと空いた皿を重ねる匠の耳朶《みみたぶ》は、うっすら赤くなっている。上杉はテーブルに肘《ひじ》を突いて、ニヤニヤ笑いを浮かべてのんびりコーヒーを楽しんでいる。

「想像して朝から濡《ぬ》らしちゃったか？」

「紀章っ……」

「匠は露出好きだからな。心の底には人に見られたい願望があるだろ？　見られるかもしれないのに、人前で恥ずかしいことをしてる恥ずかしい自分に興奮するんだよな。兄貴に調教のことを知られたって聞いて、ほんとはゾクゾクしただろ」

匠は怒った顔をして見せたが、恋人はどこ吹く風で、結局あの朝は言葉責めに感じてしまった匠が我慢しきれずに求めてしまい、遅刻ギリギリだった。

上杉兄からはその後も度々、恋人兼奴隷自慢のメールが届いた。彼は年下の恋人がかわいくて仕方ないらしく、主従としての関係も安定しているようだと微笑《ほほえ》ましく思っていた、そんな頃——


春の訪れを思わせるような、暖かな昼下がりのことだ。

「ほんとに驚いたよ、まさか君が訪ねてきてくれるなんて。前もって知らせてくれたら上杉も家にいたんだけど、あいにく今日は仕事で夜まで留守なんだ」

匠がコーヒーと茶菓子をテーブルに並べるのを、ソファの背もたれに背中もつけず、来海あつむは緊張した面持ちで見つめている。

「いえっ、おれのほうこそ、アポ無しで勝手に押し掛けてきちゃってすみません。せっかくのお休みの日なのに……なにか予定があったんじゃないですか？」

ちょうど連休の中日で、上杉は知人の陶芸家が箱根《はこね》で開く個展のレセプションに招かれて朝から留守にしている。留守番の嘉島《かしま》匠は、珍しく持ち帰りの事務仕事もなく、上杉を送り出したあとは掃除や洗濯をすませ、テレビを観ながら簡単な昼食を取ったところだった。

「ううん、今日はすることもなくて、一人で暇を持て余してたところだったから、来てくれて嬉《うれ》しいよ。ここの住所はお兄さん……上杉先生から聞いたの？」

「あ……はい。駅からはスマホの地図見ながら……」

「このあたりは古い住宅街だから、道が入り組んでてわかりにくかっただろ。迷わなかった？」

ちょっとだけ、と青年ははにかんだ顔をした。

写真で見るより整った顔立ち。黒目がちの大きな目は潑剌《はつらつ》として表情豊かで、率直で素直な性格を窺《うかが》わせる。

匠より少し背が高いだろうか。スリムな体つきで手脚も長く、いかにもいまどきの青年という感じだ。グレーのパーカーと、だぶっとしたデニムがよく似合っている。

確か大学三年生、成人式は迎えたはずだが、コーヒーカップを両手で包むように持ってソファにちょこんと腰かけている様子は、なんだか愛らしい小動物でも見ているようだ。

「よかったらお菓子もどうぞ。頂き物なんだけど、ここのは美味《おい》しいって評判なんだよ」

カリカリの皮に粉砂糖がかかった少し小振りなシュークリーム。たっぷり詰まったカスタードクリームもしつこくない甘さで、日によっては一時間待ちの人気店だ。

「甘いものは苦手だったかな」

「いえ！　シュークリームは大好きです！　ほんとはすっごく食べたいんですけど……禁止されてて。ごめんなさい。あ、でもこのコーヒーもすごく美味しいです」

「タンザニア・リマだよ。上杉もぼくもコーヒー党で……あ、このコーヒーはチョコレートがよく合うんだ。それともクッキーのほうがいい？」

「あ、ほんと気を使わないで下さい。新幹線のなかで弁当食べてお腹《なか》いっぱいだから」

そう云われて、匠は仕方なく浮かしかけた腰を戻した。

……困ったな。これがビジネスの相手ならそつなく会話を繋《つな》げる自信があるが、相手は初対面の大学生だ。メールや電話ですら話したことはない。

なにかのっぴきならない理由があって、わざわざ新幹線の距離を訪ねてきたのは間違いない。そして、彼の用件も薄々想像はつく。しかし、「ご主人様となにかあったの？」とストレートに訊いていいものかどうか……ちびちびとコーヒーで喉を温らせながら考えを巡らせていると、思い切ったように彼のほうから口を開いてくれた。

「今日は、先生には黙ってきたんです。どうしても匠さんに会いたくて」

「ぼくに？」

匠は少し大げさに驚いてみせた。

「このアトリエにぼく目当てで来てくれたのは君が初めてだよ。上杉のファンが弟子にしてくれって押し掛けてくることは時々あるんだけどね。この間も朝から門の前に座り込まれて、近所に不審者がいるって警察呼ばれて大騒ぎになったばかりなんだ。君の写真を見てなかったら、うっかり通報するところだったかも」

「えっ……写真って？」

「一度、上杉に見せて貰《もら》ったことがあるんだよ。制服のと、沖縄旅行の時のかな」

すると前のめりになったあつむは「あー、よかったあ」と心からほっとしたように胸を撫で下ろした。

「ちゃんと服着てるやつで。おれが見せてもらった匠さんの写真、マッパで縛られてたやつだったから」

「嘉島さんのことは、先生からよく聞いてます。弟さんのパートナーで、生涯を誓い合った仲だって」

「匠でいいよ」

濃い目に淹《い》れた二杯目のコーヒーは、たっぷりの牛乳と砂糖を入れてラテにした。あつむは、食べられないのはシュークリームだけらしく、お腹いっぱいだと云いつつジンジャークッキーとチョコレートをパクパクつまんでいる。

クッキーは上杉の手作りだ。上杉兄も料理が趣味らしく、休日は半日キッチンにこもって、一週間分の総菜の下拵《したごしら》えや、聞いたこともない国の料理にチャレンジしているらしい。そういうところも兄弟はよく似ているようだ。

「ぼくも君の話は紀章を通してよく聞いてるよ。お兄さんが紀章にしょっちゅうメールをくれるんだけどね、書いてあるのは君のことばかりらしくて」

「おれの？　どんな話ですか？」

一番多いのは調教の進行具合に関してだが、さすがにその話は昼間から憚《はばか》られる。

「うーん……ああそうだ、この間、雪の日に自転車で道の側溝に落ちて小学生に助けてもらったんだって？　怪我《けが》はなかった？」

「擦り剝《む》いただけだから……。ったく、そんなみっともない話しなくていいのに……」

あつむは不服そうに口を尖《とが》らせている。微笑ましいエピソードだと思うのだが、彼にとってはそうではなかったようだ。

「先生っていっつもそうなんですよね。おれのこと子供扱いしてばっかで……。まさか匠さんたちにまでそんな話してるなんて」

「……あつむくん、もしかして、先生と喧嘩《けんか》した？」

えっ、とあつむはびっくりしたように瞬きした。

「なんでわかるんですか？」

「だって顔に書いてあるよ。それに、突然ここに訪ねてくるほど思い詰めてるってことはよっぽどの事情だろうし、君とぼくの接点といえば先生のことくらいだからね。なにがあったの？」

「……なにがっていうか……。くだないことで……」

「喧嘩なんて大抵はくだらないことが発端だよ。よかったら話してみない？　人に話すと案外スッキリするものだよ。おれも彼と喧嘩するとストレスの持って行き場がなくて……男同士っていうだけでも色々あるのに、こういう性癖だと友達に気軽に相談したり、愚痴を聞いてもらったりできないからね」

「喧嘩するんですか？　匠さんでも？」

「そりゃあ、するよ。そんなにしょっちゅうじゃないけど」

「どんなことで？」

「うーん、まあくだらないことだよ。多分あつむ君たちと似たようなことじゃないかな。ひとつだけ残ってたクッキーをどっちかが食べた、みたいなね」

皿にひとつだけ残っていたクッキーに手を伸ばしかけていたあつむは、おずおずと手を引っ込めた。

「そんなふうに全然見えない……匠さんは従順で、愛奴の鑑《かがみ》！　ってタイプだと思ってました」

匠は微笑んで、皿のクッキーを二つに割ると、大きいほうをあつむに差し出した。

「うちの上杉は、調教中より仕事中のほうが暴君なくらいだからね。少し強気なくらいじゃないと渡り合えないんだよ。完璧主義すぎてクライアントと揉《も》めることもあって、おれは間に入ったり、彼を諫《いさ》めなきゃいけないこともある立場だから。あつむ君と先生もよく喧嘩するの？」

「三日に一回は。でも、喧嘩してもその日のうちに仲直りするって決めてるし、大抵はおれがガキ扱いされて一方通行で終わるんですけど……」

あつむは浮かない顔でクッキーをパリンと噛んだ。そしてミルク多めのコーヒーを一口啜《すす》ると、ぽつぽつと今回の上京の経緯について、話をはじめた。


昨日の夕方。

いつものように大学の授業を終え、バイト先からまっすぐ先生のマンションを訪ねたあつむが、テレビを観ながらおやつに塩キャラメル味のラスクを頬張っていると、夕食の買い物をして帰宅した上杉（兄）が、

「そもそも、主であるぼくのほうが君に対して敬語を使って、君がタメ口というのはいかがなものか」――と、突然言いだしたのだという。

「えー。だって今更じゃん。知り合ったときからずーっとこうだったし、あ、でも職員室に他のセンセーがいるときはちゃんと敬語使ってたよ？」

スーパーの袋からすぐ口に入れられそうなものをガサゴソ物色している愛奴をしみじみと見遣って、上杉は軽くかぶりを振った。

「鉄は熱いうちに打て……という諺《ことわざ》を、今更思い出しましたよ。奴隷というのは、たとえ人前ではタメ口でも、主と二人きりになったら自然と態度が改まり、尊敬の眼差《まなざ》しで主を見つめ、すべてを捧げてお役に立ちたいと……あつむ。聞いてますか？」

「聞いてる聞いてる。あ、後でアイス食っていい？」

「……君にもご挨拶から仕込むべきでしたね」

「ご挨拶って？」

「調教の前後に、奴隷に挨拶をさせる飼い主もいるんですよ。スイッチを切り替えるための形式というか、一種の様式美ですね。たとえば……そこに座って。正座」

えー、と云いつつも「ご主人様の命令」は絶対だ。指されたキッチンの床に正座する。家では正座をする機会なんかないから、後ろにひっくり返ってしまいそうだ。いてて。

「我慢しなさい。三つ指をついて」

「三つ指？」

「こうして両手を前で揃えて、三本の指を床につける……そう、いいですね。本当は全裸に首輪だけつけてその格好をするんですよ。……どうです？　気分は」

上杉は、三つ指をついた愛奴の前に腰を屈めて片膝《かたひざ》をつくと、指の腹でそっと顎の下をくすぐった。

ぞくっとする痺れが体の中心に向かって走り、あつむは思わず首を竦《すく》める。ご主人様モードの先生に触れられると、皮膚が途端に鋭敏になって、頬に触れる空気のほんのわずかな流れにさえ吐息が色めいてしまうのだ。

「先生の目を見なさい」

低い声に、どきん、と胸が高鳴る。顔が火照《ほて》ってくるのを感じながら、あつむは素直に「ご主人様」の眼を見つめた。冷たくて意地悪で、熱っぽい瞳《ひとみ》。

「『ご主人様。本日も未熟な奴隷あつむのご調教をお願いいたします』……云ってごらん？」

「ご主人様、未熟な奴隷あつむのごちょ、ごちょーきょー……いでっ」

……舌嚙んだ。

途端に張り詰めていた緊張感が緩んで、眼鏡の奥で冷たく光っていた「ご主人様」の目は、いつもの優しいキリンに戻る。上杉は溜息《ためいき》をつくと立ち上がった。

「……まあ仕方がありません。君の取り柄は元気なところですからね。短所を補うより、長所を伸ばす方向でいきましょう。さ、手を洗ってサラダを作るのを手伝って下さい。今日は昨夜の残りのポトフをアレンジして、君の好きなスープカレーにしますから」

「待ってよ、もう一回。今度はうまくやるから……じゃなくて、上手にやりますからもう一回お願いいたします」

「奴隷の挨拶というのはね、上手にやろうとするものじゃないんですよ」

そう云いながらさっさとワイシャツの袖《そで》を捲《まく》り、人参《にんじん》を洗いはじめる。

「心からそう思っていれば自ずと言葉や行動に表れる。主を日頃から尊敬し、へりくだった気持ちでいれば自然に出てくるものなんです」

「なにそれ……それじゃ、おれが先生のこと尊敬してないみたいじゃん」

「そうは云っていませんよ。その言葉遣いは主に対して適切とはいえないですが、まあいいでしょう。君の取り柄は大草原をぴょんぴょん跳び回ってるウサギみたいに元気なところですからね」

ムカッとした。カチンときた。元気が取り柄。いつも云われ慣れている言葉だけれど、どうしてかいつになく癇《かん》に障った。

「どーせおれの取り柄はそれだけだよ。スミマセン、匠さんみたいな色気がなくてー」

「どうしてそこに匠くんが出てくるんです？」

「だってこないだすっげー褒めてたじゃん。匠さんには色気があるって」

「べつに褒めたわけじゃありません。見たまま、感じたままを云っただけ。ほら、手伝わないならあっちで座ってテレビでも観ていなさい。邪魔ですよ」

「どーせおれは先生の邪魔しかできないよ。匠さんみたいに仕事のパートナーにもなれないし、料理もできないし、ジャガイモの皮剝けばピーラーで指の皮剝くし、人参切れば爪刻んじゃうし」

「今日はどうしたんです。ずいぶん僻《ひが》みっぽい」

呆《あき》れたような、冷たい横顔。正座をしたままのあつむをちらりと見ようともしない。イライラと腹立ちの上に悲しさが積っていく。

「どーせおれは僻みっぽくて色気もなくて元気だけが取り柄のガキだよ。先生だってほんとは匠さんみたいな美人で色気があって素直な奴隷さんが欲しいんだろ。おれみたいなガキなんかほんとはタイプじゃないもんね」

先生はようやくこっちを見た。溜息をついて、また作業に取りかかる。淀《よど》みないリズミカルな包丁の音。

「誰がいつそんなことを云いました。そんなことを本気で思っているようなら、まだ調教が足りていないようですね。それに、そういう卑屈なふて腐れ方は確かにガキっぽい。匠くんのようになりたいんだったら、色気云々《うんぬん》よりもまずはそこですね」

「……わかったよ」

胸にもやもやと湧《わ》き上がる悔しさに、あつむはギュッと両手で拳《こぶし》を作った。そして勢いよく立ち上がり（実際には脚が痺れてよろけ、先生に支えてもらったのだが）、こう云い放ったのだという。

「だったら奴隷の修行してくる。そんでお色気たっぷりの奴隷になって、先生のことといつでもどこでも勃起させてやるからな。そんときになって後悔するなよっ！」

2

「……それで、ここに？」

「……はい。おれ、ゲイの友達もＳＭ理解してくれる人も周りにいなくて。とっさに思いついたのが匠さんだけで。……すみません」

目の前で項垂《うなだ》れていくあつむのつむじを見ながら、どうコメントしたものか、匠は正直困り果てた。

「兄貴のところはちょっと変わった主従関係だからな」と上杉が云っていたのを思い出す。なるほど、確かに変わっているようだ。匠もＳＭの世界のことに明るいわけではないが、奴隷が主に向かってタメ口で話すのも異例なら、面と向かって奴隷修行してくると啖呵《たんか》を切る、なんて話は聞いたためしもない。

黙り込んでしまった匠の前で、すっかり肩を落としたあつむは、はあ……と大きな溜息をついた。

「やっぱガキですよね……おれって」

「え？　あ……いや、そんなことはないけど……」

「いいんです、自分でも話しながら改めてガキだと思いましたから。本当にすみません……

急に押し掛けてきた上に、こんなことに匠さんを巻き込んじゃって……」

「それは構わないんだよ。ただ、修行が目的で来てもらったのなら役に立てるかどうか……ぼくは奴隷ってわけじゃないから、作法もよくわからないし。むしろ君のほうがずっと詳しいんじゃないかな」

「えっ……でも、匠さんは紀章さんの愛奴なんじゃ……」

「愛奴というか、そもそも主従関係は結んでいないんだよ。二人の間でご主人様とか奴隷って言葉は使ったことがないな」

目を丸くしているあつむに、匠は苦笑した。おそらく彼にとってはＳＭをする関係イコール主従なのだろう。

「敢《あ》えていうなら、パートナーだね、ぼくたちの関係は。プレイ中は絶対服従、でも普段は対等。だから口答えもするし喧嘩もする。主従関係の場合は、普段から口答えや反抗的な態度は許されないだろ？」

「……………」

「あ……先生と君はちょっと違うみたいだけど。でも人それぞれ、主従も色々だから……」

「おれ、押し掛け奴隷なんです」

「……押し掛け奴隷？」

あつむは、弱々しい笑みを浮かべてみせた。

「最初、先生はおれを奴隷にする気はなかったんだけど、おれからどうしてもって押しまくって奴隷にしてもらったんです。先生はすごく大切にしてくれるけど、でも、ほんとはおれみたいな元気だけが取り柄のガキじゃ物足りないんじゃないかって思っちゃって。奴隷としても出来が悪いし、色気だってないし……前に云われました。色気っていうのは陰《いん》の部分だから、君には無理だ。日向《ひなた》でまっすぐ育ってきたから陰がない。もっと心に秘密を抱えてたり、屈託がないと色気は生まれないって……」

「あつむくん……」

「でもおれ、どうしても先生にふさわしい奴隷になりたいんです。だから——」

なにか訴えるような眼差しで匠を見つめたその時、庭から、門扉がガラガラと開く音が聞こえてきた。

窓に目を遣ると、深緑色のレンジローバーが門の前に停まっている。上杉の愛車だ。予定では帰るのは夕方のはずだから、ずいぶん早い。

「紀章が帰ってきたみたいだから、あつむくん、いまの話、彼にもしてみない？　おれよりお兄さんのことはよく知ってるし、同じサディストの視点でアドバイスしてもらえると……あつむくん？」

突然、荷物を抱えて立ち上ったあつむは、部屋の中をきょろきょろと見回している。そしてリビングルームの西側のドアに飛びつくと、「すみません！」と匠に必死の形相で訴えた。

車のタイヤが砂利を踏みしめてゆっくりと庭に入ってくると、ますます焦った顔になり、

「紀章さんにはここにおれがいること内緒にして下さい。お願いしますっ」

「ええっ？　どういうこと？」

「絶対に云わないで下さいね！　こっちに隠れてますから！」

辺りを憚るような小声でそう云うと、ドアの向こうの寝室に逃げ込むや扉を閉じてしまった。

啞然《あぜん》としている間に玄関の鍵が開く音がして、「匠ー？」と上杉が呼ぶ声がした。いつもならガレージのシャッター音を聞くと玄関に出迎える匠が顔を見せないので訝《いぶか》ったのだろう。閉じたままのウォルナットのドアを見つめ、どうしたものかと考えを巡らせる暇もなく、もう上杉がリビングに入ってきていた。今日は正装だ。誂《あつら》えの細身のブラックスーツがよく似合っている。

「おかえりなさい。ずいぶん早かったですね」

「ああ。パーティの顔ぶれが退屈そうだったんで、乾杯だけして抜けてきた。留守中に誰か来た？」

「いいえ」

あの時なぜ正直に云わなかったのか、自分でも分からない。たとえあつむが自分を頼って訪ねてきてくれたのだとしても、どんなに頭を下げられたとしても、上杉を欺くことは許さ

れない――わかっていたのに、とっさに嘘をついていた。

「本当に誰も？」

せめて、重ねて聞き返されたときにきちんと打ち明けるべきだったのだ。なのに匠の唇は「来てませんよ」ともう一度嘘をつき、次の瞬間、背中に汗が噴き出すのを感じた。

二人の前にある小さなテーブルには、来客用のカップと匠のマグカップが、まだ温かいままコーヒーの薫《かお》りを部屋中に漂わせていたのだ。

3

「三……二……」

低い声がゆっくりとカウントダウンしていく。匠は上杉の目を見つめ、呻きながら激しく頭を振ってみせていた。

なにかを必死に訴えようとしているのは伝わっているはずだ。だが上杉は、一、と最後の数を静かに呟くと、溜息をついてゆっくりと腰を上げた。

「仕方ない。匠が話したくないなら、少し厳しく聞き出すしかないな。そんなに庇うってことはよっぽど大切な相手なんだろうからな」

「んうう……！」

後ろ手に組まされた手の平が汗でぬるぬると滑る。リングギャグの奥から必死に声を絞り出そうとする匠を見下ろして、上杉はふと口もとに薄い笑みを浮かべると、右手を伸ばし、汗ばんだ頬に貼り付いた髪をそっと払った。

「そんな辛《つら》そうな顔するなよ。勃つだろ」

ぞくっ…と全身に慄《ふる》えが走った。深々とアナルに挿入され、胸をぴったりと密着させて耳朶をきつく噛まれるときと似た甘美な戦慄《せんりつ》だった。

いつもそうだ。痴態を上杉に冷たく見下ろされると、頭の芯がぼうっと白く霞《かす》みはじめ、屈辱と羞恥心で体が熱を帯びてくる。上杉にだけはこんな自分を見られたくない。でも見られたい。もっと恥ずかしい姿を見てほしい。相反する感情が体のなかでぶつかり合って、欲望と理性をぐちゃぐちゃに掻き混ぜ——壊していく。

視線だけで、言葉だけで。匠をこんなふうに燃え立たせ、追いつめて狂わせるのは上杉紀章、ただ一人だ。

そして生涯、上杉にとっても自分がただ一人でありたい、と心から願う。どこにも誰も匠の代わりはないと。彼を芯から興奮させ、苦しみも快楽も与えたいと思うのは自分一人でありたいと。

乱暴に髪を摑《つか》まれて、匠は熱い喘《あえ》ぎを漏らした。口枷を嵌められたままの顎は怠《だる》く痺れている。興奮と期待でデニムの股間《こかん》はきつく張り詰めはじめていた。

上杉はそれを見下ろすと冷たくせせら笑い、寝室に繋がるウォルナットのドアを開き、なかに匠を押し込んだ。まだ従順に後ろ組み手を守っていた匠は足をもつれさせ、ベッドに倒れ込んだ。

皺ひとつないシーツに張り詰めた股間と乳首が擦《こす》れ、んんっ……と掠《かす》れた呻きが漏れる。被虐的な扱いと痛みに陶然と震える匠を、上杉はクッションでも扱うように無造作に仰向《あおむ》けに転がした。そしてそのまま片膝を匠の股間にのせてぐっと圧迫してきた。

「んううーっ……！」

「これから拷問されるってのになに感じてるんだ？　変態。それとも、おれの留守中に間男とセックスするつもりで朝からずっと興奮してたのか？」

違う。匠はかぶりを振った。薄笑いを浮かべた上杉は、さらにゆっくりと体重を掛けながら、興奮した顔で匠の上にのしかかってきた。

「う……ううううっ……」

「どうだ？　降参する？　間男を引っ張り込んだって認めるか？」

更にかぶりを振る。苦痛に涙が滲《にじ》む。真っ赤になって痛みに耐える匠を心ゆくまで堪能《たんのう》してから、上杉は体を離した。

圧迫から解放された股間は、まだ固く反り返ったままだ。それを隠すこともできない羞恥に、まだ後ろ手に組んだままの両手に爪を食い込ませた。

「中はどうなってる？　もう先走りでぬるぬるに濡らしてるんじゃないのか？」

見透かされて、カアッと顔に血が集まった。

だめだ。いけない。この部屋のどこかにあつむが身を潜めているのに。あのカーテンの陰か、それともクローゼットの奥に隠れて見ているかもしれないのに。

なのに、いけないと思えば思うほど興奮していく体を自分でもどうすることもできない。

「脱いで見せてみろよ。どれだけ汚したか」

震える手を伸ばし、デニムのボタンを外す。ジッパーを自らこじ開けるように勃起した性器が飛び出してきた。

プライベートでは下着の着用は許されていない。常に上杉がいじれるように用意しておけと命じられている。内側の布地は湿って、膝までデニムをずりおろすと、ぬるぬるした粘液が糸を引くほどだった。ふっと上杉が笑った。

「淫乱《いんらん》」

「……っ」

つぶさにどこを見られているか痛いほど感じて、匠はぶるっと腰を震わせた。ひくひくと小さな唇が蠢《うごめ》くのが自分でもわかる。

恥ずかしさに思わず閉じそうになる太腿《ふともも》を更に大胆に開き、上杉の前に痴態を曝《さら》していった。つき合いはじめた頃は恥ずかしくてなかなかこうすることができず、鞭《むち》で叱責《しっせき》されたことも一度や二度ではない。

「調教中は、匠の体は匠のものじゃない。どうすればおれを喜ばせることができるか、満足させられるか、それだけを考えろ」――鞭の痛みと、甘いキスのご褒美と。交互にくり返すことによって、匠の体はごく自然に上杉の前で痴態を演じられるようになった。

上杉は、その過程で匠から初々しい羞恥心を奪うことだけはしなかった。舌を噛み切りたくなるほどの羞恥に打ち震えながらも、命令に服従するM奴隷へと調教していったのだ。

「……いい顔だ」

紅潮した頬、とろんと濁った瞳。文字通りのとろけたような顔に満足げに目を細め、優しく恋人の髪を撫でる。そして首の後ろで留めた口枷の金具を外し、唇を固定していた金属の輪を匠から取り除くと、何度か口を開け閉めさせて注意深く様子を観察した。長時間口枷をしたまま固定すると、顎のちょうつがいに不具合が起きる危険がある。

問題がないことを確認すると、上杉は必ず、小さく頷く。それは、匠だけが知っている癖だ。

縄を使うときも、腕が痺れていないか、血行を止めていないか——たとえどんなに厳しい責めの間であっても、どんなに興奮しているように見えても、常に頭の一部をクールダウンさせ、冷静に匠の様子を窺い、細部にまで気を配ってくれている。それを知っているからこそ、身も心も彼に委《ゆだ》ねることができるのだ。

「縄と革手錠、どっちがいい？」

穏やかに訊ねられて、匠は真っ赤になった。消え入るような声で「手錠……」と答える。

「なにいまさら恥ずかしがってるんだよ」

まだこの手の質問が苦手なんだな、と上杉は可笑《おか》しそうに云って、ベッドサイドのチェストから革手錠とローターを数個取り出した。両手首を固定される間に、天井に取り付けられたチェーンがリモコンでゆっくりと下りてくる。

金属が触れ合う聞き慣れた音に、これからされることへの期待が高まり、体が否応なく反応してしまう。

「おねだりするのがそんなに恥ずかしいか？　でも恥ずかしければ恥ずかしいほど感じるんだよなあ、匠は。ほら……ここも、触ってほしくてぱくぱくいってる」

「あああっ！」

上杉は下ろしたチェーンの先に数個纏めて括《くく》り付けたローターを、無造作に匠の股間の上にぶら下げた。虫が羽を震わせるようなモーター音とともに、微弱な振動がぬらぬらと照り光る性器の先端に伝わる。思わず腰がせり上がった。両腕は頭上で拘束され、下肢は中途半端に膝まで下ろしたデニムが引っ掛かっている。自由になるのは首から上だけ。起き上がることも儘《まま》ならない。

その不自由な状態のまま身悶《みもだ》える匠の上で、チェーンが再び巻き上がりはじめる。そしてちょうど、ベッドから十五、六センチ程度の高さで止まった。先端が当たるか当たらないかという微妙な位置だ。

「あああっ……」

匠は絶望的な声を上げながら腰を揺さぶった。チェーンにぶら下げられたローターがぶつかり合い、変則的な振動で膨らんだ先端を責めてくる。体中にピンと力が入った。たまらない。かといってすぐ絶頂に追い上げられるほど強い刺激でもない。

ぶら下げられたローターはゆらゆら揺れ、当たり方も不規則だ。自分から腰をせり上げて押しつけようとすると、却《かえ》って逃げられてしまう。

「スケベな腰の振り方するようになったな」

ピシャリと剝き出しの太腿を叩かれる。下卑たからかいにすら感じてしまう。上杉は涎を垂らして腰を揺する匠の横に腰かけると、ツンと尖った小粒な乳首をつまんで無造作にねじり上げた。敏感な乳首を指の腹の間で扱かれる。

「い……アアッ……痛いっ……」

「痛いのも好きだろ？　上からも下からも涎垂らして感じまくってるじゃないか」

「ああっ、あああっ、くうぅぅ……っ」

「痛いだけか？　嫌なら止《や》めるか？　ん？」

「ううッー！」

匠は背中をのけ反らせた。乳首にクリップが付けられたのだ。匠のために上杉がプレゼントしてくれたニップルクリップ。身悶えするたびステンレスの重いチェーンが胸の間を左右に揺れては滑り、クチバシにキリキリと締め付けられた乳首を執拗《しつよう》に責める。性器はローターの微弱な蠢きで嬲《なぶ》られ、匠はもう声も出ない。ただ上杉に与えられる快楽と痛みに悶え、翻弄《ほんろう》される人形になっている。

上杉がスラックスの前をくつろげると、肉棒を掴み出して匠の口もとに近づけた。既に固く張り詰めているそれに、夢中で唇を被《かぶ》せた。

雄の味と臭いが舌先を刺激する。理性の欠片《かけら》もなく夢中でしゃぶりついて頬張る匠の乳首が、ご褒美だとばかりにきつく抓《つね》りあげられた。掠れた悲鳴を上げる口の奥まで更に太いものがねじ込まれる。乳首の痛み、喉を塞《ふさ》がれる苦しみ、そしてそれを遥《はる》かに上回る快感に、頭の中が日向のクリームみたいにとろけていく。

匠は潤んだ瞳で上杉を見つめた。上杉が眼鏡の奥から、淫蕩《いんとう》さを詰《なじ》るような冷たい眼差しで見下ろしている。ぞくぞくと興奮が背筋を駆け上がった。その冷ややかな眼差しの奥に宿る興奮が匠の体をいっそう燃え上がらせるのだ。

もっと興奮してほしい。もっと蔑《さげす》んでほしい。唇でカリ首を締め付け、裏筋に舌を強く押しつけて舐《な》め上げた。両手が使えないのがもどかしかった。

「……いい顔だ」

汗ばんだ額に貼り付いた前髪を、冷たい指先が優しく掻き上げる。かわいいよ……息が乱れ、快感に掠れた声に、匠はいっそう熱心に舌を使った。

「いつもその顔をさせてやりたいね。仕事中も、人前でも。いつでもおれのをしゃぶりたくて仕方ない淫乱なメスの顔をしてろよ。ああ、そうだ。貞操帯は付けておこうな。チンポ固くしてぬるぬるに濡らしていやらしい顔してたら、勘違いした男が悪戯してくるかもしれないからな」

ああ、と唇で太いものを締め付けながら匠は激しく喘いだ。快感を溜《た》め込んだ体が次第に痙攣《けいれん》を大きくしはじめている。

「アナルプラグを入れて、尿道にも捻《ひね》りのついたブジーを突っ込んでおく。おれの許可がなかったら排泄《はいせつ》もできないな。勃起したり、ましてや射精なんかしようとしたら激痛でのたうち回る。完全管理だ」

ああ……ああっ……。

匠は何度も爪先《つまさき》でシーツを蹴《け》った。絶頂を求めて体が大きく痙攣する。いきたい。苦しい。もう、あと一雫《ひとしずく》、たった一滴で快感が溢《あふ》れてこぼれるのに。

「おれに管理されたいか……匠？　身も心も、おれだけを見て、感じて……おれに使われるだけの「モノ」になって、おれの足もとに跪《ひざまず》いていたいか？」

匠は涎にまみれたものを口から吐き出した。胸を喘がせながら恋人の目を見つめ、小さく、だがはっきりと左右に首を振った。

「もう、とっくにおれは……あなただけのものです。だけど「モノ」にはならない。あなたの足もとに跪くのじゃなくて、隣にいたい。あなたを喜ばせて、支えたい。紀章……あなたのただ一人のパートナーとして……」

グッと髪を鷲摑《わしづか》まれた。視線が絡み合う。さっきまで冷ややかに覗《のぞ》き込んでいた上杉の目が、ふいに優しい笑みを浮かべた。とても深く、とても満足そうに。

熱い唇が、匠の唇を塞いだ。激しい舌使いで口のなかを犯されながら、匠は拘束された両手で彼の性器をまさぐった。その瞬間、上杉の大きな手の平が、ローターごと匠のドロドロに濡れた性器を纏めて包み込んだ。クリップを付けたままの匠の胸は、電流でも通されたかのようにベッドの上で跳ね上がった。

「匠っ……！」

重ね合わせた唇の間から掠れた声が絞り出される。もう堪《こら》えきれなかった。細腰に一際激しく強い慄えが走り、熱い飛沫《しぶき》が下腹に飛び散る。ほとんど同時に、匠の手のなかでも白濁が弾けた。

激しく呼吸を乱しながら互いの唇を求め合った。そしてまだ体のあちこちに宿る甘い余韻をひとつひとつ噛み締めていた――その瞬間だった。

寝室の分厚いドアが荒々しく蹴り開けられたのは。

呆気《あっけ》に取られている二人の前に飛び込んできたのは、ロングコートを着た長身の男。ベッドの上で折り重なったままの匠と上杉には目もくれず、男は、淫靡《いんび》な臭いの漂う寝室をぐるりと見渡して叫んだ。

「あつむ！　どこです！」

先生ぇ……と、蚊の鳴くような弱り切った声が、クローゼットのほうから聞こえた。

三人の視線がそちらに向いた瞬間、扉の奥から、あつむが頭からずるずると這《は》いずり出て

きた。茹《ゆ》だったように真っ赤な顔を横にして、ぺったりと床に付け、「せんせい……」と弱弱しい声で訴えている。

そこへきて、ようやく匠は我に返った。すっかりあつむの存在を忘れていた。慌てて体を縮める匠の体の上に、上杉が剝《は》いだシーツを掛けてくれる。

「……まったく」

コートの男は大きな溜息をついてかぶりを振ると、土足のままずかずかとあつむに歩み寄った。床に蹲《うずくま》ったあつむは、両手で股間を覆い、縋《すが》るように涙目で見上げている。

「どうです、色気修行の感想は。少しは懲りましたか?」

呆れたような冷ややかな声。あつむは怒ったように言い返した。

「せんせっ、鍵！　早く助けてよっ……いたいっ」

「そりゃあ痛いでしょうね。勃起したペニスに鋲《リベット》が食い込んでるんですから」

男はもう一度溜息をついて、ポケットから小さな鍵を取り出してみせた。愛奴の腰に取り付けられたままの、貞操帯の鍵を。

「……おかしいとは思ってました」

シャワー上がりの湿った髪をタオルで拭《ぬぐ》いながら、匠は呆れと恨みが半分半分の目で恋人を睨《にら》んだ。

キッチンに、上杉が淹れるタンザニア・リマの馥郁《ふくいく》とした香りが漂う。最近のお気に入りの銘柄だ。

「間男がいるのかなんて妙な言いがかりを付けてくるのも、お世話になった方のレセプションを中座して帰ってくるのも紀章らしくない。……最初からあつむ君に見せる計画だったわけですね？」

「ご明察」

ドリップしたコーヒーを四つのカップに注ぎ分けながら、上杉紀章は悪びれもせず、あっさりと認めた。

「おれが間男の存在なんか疑うわけないだろ？　匠がおれにしか感じないことくらいわかってるよ。昨夜あつむ君からメールがきて、兄貴と喧嘩になったって相談されて作戦を考えたんだ。急拵えだったから荒っぽいシナリオだったけどな」

「荒っぽいにも程があります。いくら相談されたからって、あんなところを見せるなんて」

「怒ったか？」

「怒ってはいませんが……。あんなところを見られたんですよ、どんな顔をしたらいいのか……」

「それはお互い様だろ。こっちは貞操帯を外すところまで見てるんだ」

そうですけど……と匠は溜息をつき、コーヒーを運ぶのを手伝った。

夕暮れのリビングルームのソファには、上杉兄とあつむの主従コンビが寄り添って座っている。シャワーを浴びたあつむは、匠が貸した服に着替えていた。貞操帯を外されたとき、弾みで髪の毛まで精液まみれになってしまったからだ。

同じくシャワーを浴びて着替えた匠が上杉の後からリビングルームに現れると、顔を見るなり赤くなって下を向いてしまう。

匠はぎこちないながらも穏やかな笑みを浮かべてみせた。年上の自分が照れたり気まずそうにしていたら、彼をよけいに居たたまれなくさせると思ったからだ。

「さっきはごめんね。あんなところを見せてしまって」

「いいえっ。おれのほうこそ、すみませんでした……覗き見なんかして……」

「気にしないで。紀章のことだから、君を強引に作戦に誘ったんだろ？」

「それは誤解だ。先にこの話を持ち出したのは彼のほうだぜ。で、どうだった、おれの匠の色気は。ってまあ、あの状態を見れば聞くまでもないか」

上杉にさっきのことを意地悪くからかわれて、あつむはますます身を縮める。

「一応誤解のないように云っておきますが、ぼくはこの計画には一切荷担していませんよ」

その傍らから、コーヒーに手を伸ばした上杉兄が面白くなさそうに呟《つぶや》いた。

「朝から連絡が取れないし、家にもいない、バイトも休んでる。それで前夜の喧嘩の捨て台詞《ぜりふ》を思い出してスマホのGPSを作動させたら、案の定ここの地図が出たので迎えにきただけです。もし計画に加わってたら、こんなクソみたいなシナリオはプロット段階で却下だ」

「悪かったな、クソで。ま、そこにいる奴隷ちゃんには満足してもらえたようだから、目的は達成したけど」

「それがこの計画の浅はかさだな。他人の情事を覗き見した程度で色気が身に付くわけがない」

「そんなことは彼だってわかってるさ。それでもご主人様のためになにかしないでいられないのが愛奴ってもんだろ。そんな健気《けなげ》さもわからないのか？」

弟の呆れ顔に、兄はムッとしたように眉間《みけん》に縦皺《たてじわ》を刻んだ。

「おまえにうちの子の気持ちを代弁してもらう必要はない。あつむ、コートを着なさい。帰りますよ」

「別に兄貴の奴隷の代弁をしてやる義理もないけど、一応云っておくと、おれが手を貸してやった理由は、その子が匠と同じことをしようとしてたからだよ」

「紀章さん！　それは秘密にしてくれるってっ……」

「秘密？」

立ち上がりかけていた上杉兄が、厳しい顔つきになって愛奴に向き直った。

「どういう意味です？　紀章との間にどんな秘密があるんですか。匠くんと同じこととは？　どういうことか、怒らないからきちんと説明しなさい」

「……って、もう怒ってるじゃん」

「あつむ」

「あ。もしかして……あつむ君、ＳＭクラブに行こうとしてた？」

匠の言葉に、あつむは黙りこんでしまった。強張《こわば》ったその顔が、どんな答えよりも明らかな答えだ。主は愕然《がくぜん》と目を見開いている。

「ＳＭクラブ？　なぜそんな……なんの目的で」

「べつに先生以外とプレイしたかったとかそういうんじゃないよ。その……ただの好奇心っていうか……」

「もういいだろ、あつむ君。ここまできたんだから正直に話しちゃえよ」

上杉にそう促され、唇を結んで俯《うつむ》いていたあつむだったが、やがて三人の無言のプレッシャーに根負けしたように「……色気」と呟いた。

「色気を出すには秘密がないと無理だって先生が云ったから……」

「だからってそんなところで秘密を作ろうとするバカがどこにいるんですか」

「そう云ってやるなよ、兄貴。べつに悪さをしようとしたわけじゃないんだから」

上杉がのんびりと諭す。

「以前あつむ君と会ったとき、匠がおれとの関係に悩んで、思い詰めてSMクラブに行ったことがあるって話をしてやったことがあるんだよ。スタッフに身の上話をして、お茶飲んだだけで帰ってきたって話。それを覚えてたんだろう。どこの店だったか教えて欲しいってメールがきたから、訳を聞いたら兄貴に秘密を持ちたい、色気がほしいってその一点張り。話だけならSMクラブじゃなくてもゲイバーにでも行けよって説得したんだけどどうしてもって聞かないから、店は教えないけど秘密なら作ってやれるって云ったんだ」

「それで覗き見か。まったく……」

「兄貴、その子にAVも禁止させてるんだって？　そりゃ他人の調教シーンなんか興味津々だろ。よく守ってるよなあ、そんなつまんない命令。禁止されたらよけいに見たくなるよ、まだ大学生なんだから」

「あんな俗なものに毒されてほしくないんでね、うちの子には」

上杉兄はふんと鼻を鳴らした。腕を伸ばし、あつむの肩を強引に抱き寄せる。

「まっさらなところからひとつひとつ手塩に掛けて、鳴き方もおねだりの仕方もなにもかもぼくの好みに育ててきた、まさにオンリー・ワンだ。AVのわざとらしい喘ぎ方やステレオタイプの演技に影響されたら台無しになる」

「その程度で台無しになるようじゃ、兄貴の調教が足りてないってことじゃないのか？」

「その不安定さがあつむの魅力なんだ」

こちらが恥ずかしくなるような真顔で兄は言ってのけた。胸の中にしなだれかかるように抱き締められたあつむは、驚いたように主を見つめている。

「先生……それほんと？　おれ、ほんとに先生のオンリー・ワン？」

「当たり前でしょう。いつもそう云ってるはずですよ。いったいこの耳はなにを聞いてるんです」

耳朶に指が触れると、あつむはピクンと顎を震わせた。唇から、か細い吐息が漏れる。

「あつむは身も心もまだ成長過程なんです。不安定なのは当たり前だし、色気なんかなくてもいい。むしろ、いまはそんなものなくて当然なんです。あつむの成長に従って自然と備わってくるものですからね」

「ほんとに？　おれにも匠さんみたいな色気が出るかな……自信ないよ」

「愛奴の自信は主が授けるものですよ。君は、いったい誰の調教を受けていると思ってるんです？」

愛奴を引き寄せ、こちらまでゾクッとさせられるような低音で耳もとに囁いた上杉兄が、ちらりと向かい側のソファの二人に目配せする。もちろん云われるまでもなく、馬に蹴られるつもりはない。

抱き寄せられて唇を優しく啄《ついば》まれ、あつむはすでに腰砕けだ。二人がそっと立ち上がったことなど視界にも入っていない。

「まったく……悪い子ですね。ご主人様にこんな所まで追いかけさせる奴隷なんて聞いたことがない」

「ごめんなさい。……おれがいなくなって心配した？」

「さっきから質問責めですが、自分がどれだけバカなことを訊いているかわからないんですか？　君は、先生が大切な愛奴が行方不明でも心配しない薄情な主だとでも？」

上杉兄は心底呆れかえったという顔で首を振ると、先ほどからずっと手付かずのままテーブルに載っていたシュークリームに手を伸ばした。

「そんなこともわからないようじゃ、これからはもっと厳しい調教が必要ですね」

「ごめんなさい……」

「まずは今回のお仕置きからです。……覚悟はいいね？」

上杉兄がシュークリームを口もとに運んでやると、あつむは素直に口を開いて一口囓《かじ》った。

トロリと流れ出たカスタードクリームを、ピンク色の舌先でぺろりと舐め取る。

すると、たちまち黒目がちな目がうっすらと潤みはじめて、先ほどとは打って変わった、匂いたつような妖艶《ようえん》な色気を漂わせはじめた。

驚くような変貌《へんぼう》ぶりだ。どうやらシュークリームは、あつむのスイッチらしい。どうりで禁止されている訳だ……。

上杉兄の調教手腕にも感心しつつ、音もなくリビングルームを後にした上杉と匠は、背中でドアを閉めると大きな溜息をついた。

「ったく。ソファをシミだらけにされなきゃいいけどな……皮張り替えたばっかだぞ」

「自業自得です」

ぼやく上杉に、匠は珍しく少し冷たく云った。

「あのお兄さんが、あつむくんを放っておくわけないでしょう。追いかけてくることくらい予想が付いたはずですよ」

「でも、興奮しただろ？」

目尻に掃かれた悪戯っぽい笑みに、匠は軽く顔を顰《しか》めた。

「……やっぱり、わざとだったんですね。あつむ君に会わせたのは」

あつむに「秘密」を持たせるためだけなら、わざわざ匠と顔を合わせる必要はなかったはずなのだ。あらかじめこっそり寝室の窓からでも忍び込ませて、どこかに潜ませて情事を覗き見させてやればいい。

だが上杉は、羞恥プレイで匠の興奮を煽《あお》るために、敢えてあつむがいることを知っているというシチュエーションをわざとセッティングしたのだ。

「前から一度、他人に見られて乱れる匠が見たかったんだ。他の男ならお断りだけど、あの子なら無害だし、悩みも解決してやれて一石二鳥。なかなか悪くない趣向だっただろ？」

「悪いに決まってるでしょう。あんなこと二度とごめんですからね」

「ってわりに、いつもより興奮してたみたいだけど？　それとも、夢中になってあの子が見てることなんか忘れてたか？」

からかうような嗤《わら》いを浮かべ、やや乱暴に頤《おとがい》を摑んであおのかせる。

固い木材を繊細かつ大胆に細工し、美しい家具を生み出す上杉の手指は、鑿《のみ》や鉋《かんな》を扱うとは思えないほどどいつ触れても滑らかだ。取材にきた記者と握手をして「職人さんの手とは思えませんね」と驚かれると、「ささくれ立った手で恋人の体を愛撫《あいぶ》したくないので」としれっと言ってのける。いつも横で赤くなりながら、匠は、この手を見て触れるたびに、自分がどれほど慈しまれ、愛されているかを深く嚙み締めるのだ。

頤にかかった手を、匠は自分の両手でそっと包んだ。

「ええ。……確かに興奮しました。でももう二度としないって約束してください」

「怒ったのか？」

「あつむ君に見せたことを怒ってるんじゃありません。おれを除《の》け者にして、あつむ君との間に秘密を持ったことに怒ってるんです」

包んだ手の指先を口もとに引き寄せ、前歯を立てる。黒いチタンフレームの眼鏡の奥で、切れ長の目がちょっと見開かれた。

「あなたにはもうそれ以上色気は必要ないんですから、ぼくに秘密なんか持たないでください。たとえ相手がお兄さんの愛奴でも……いえ、誰が相手でも」

「……わかった。そうだな、おれの考えが浅かった。謝るよ」

「本当に悪いと思ってます？　そのわりに、なんだか目が笑ってるように見えますが」

「しょうがないだろ。嬉しいんだから」

嬉しい？　と怪訝な顔をする匠に、上杉は、艶《つや》めいた笑みを浮かべたままゆっくりと顔を近づけてきた。

「あんなガキに嫉妬《しっと》するくらい、おれに夢中だってことだろ？　三年経《た》ってもまだ」

「……当たり前です。三年だろうが、十年だろうが、たとえあなたが棺桶《かんおけ》に片脚突っ込んだっておれはあなたにずっと夢中ですよ……紀章」

見つめ合ったまま、吐息が絡まる距離まで唇が近付く。互いを焦《じ》らすようにゆっくりと顔を傾け、唇を触れ合わせようとした、その時、

「あああーー……っ！」

閉じたドアの向こうから、甘く掠れた悲鳴が聞こえてきた。

「せんせっ……苦しっ……苦しいっ、外してっ、これ鍵外してぇっ」

「ちゃんとお願いしなさい。貞操帯の鍵を外して、先生にどうしてほしいんです？」

「イかせて下さいっ！　おちんぽから精液出させて下さいぃっ……」

ドアの外の二人は顔を合わせ、苦笑しあった。

「……この分じゃ、最終の新幹線に間に合いそうにありませんね」

「耳に毒だ。夕飯の買い物にでも行くか」

「ゲストルームの仕度もしないと」

「ソファでいいだろ」

「これ以上シミだらけにされたくないでしょう？」

上杉は苦々しげに肩を竦め、分厚いコートに袖を通した。

二人は物音を立てないようにそっと玄関から出て鍵をかけ、それから黄金色の夕陽に照らされた坂道を、手を繋いでのんびりと下っていった。

長く伸びた二人の影法師は、冬の陽が西の彼方に沈むまで、静かにいつまでも寄り添い続けていた。

あとがき

ノベルズ版のあとがき冒頭で、「乳首本です」と書きましたが、干支が一周以上したいま読み返しても、やはり乳首本でした。

最近は乳首へのこだわりが薄らいでいるので、なんだか懐かしい感じもします。十三年の歳月の大きさに、感慨に耽る今日この頃。「キャンディミルク」をお届け致します。


乳首乳首とくり返しましたが、この本のテーマはＳＭです。

読み切りの「キャンディ」が雑誌に掲載された当時、まだＢＬ界ではＳＭは珍しくて、編集部からプレイについてあれもダメこれもダメとＮＧを連発された事を覚えています。確かスパンキングもギリギリだったような…。

おかげで、ＳＭ本というにはちょっとぬるいプレイばかりになってしまったものの、「キャンディ」も「MILK」も、どちらも気に入っている作品です。昔の作品ではありますが、新たな読者さんにも楽しんでいただければ幸いです。

今回の文庫化に当たって、二つのカップルの交流編を書き下ろしました。

ずっと以前から上杉兄VS弟を書きたいと思っていたので、今回、長年の念願達成です。

あつむは高校を卒業し、大学生になりました。あまり中身に変化はないようですが、まだまだ成長過程。上杉弟&匠の安定カップルとの対比を楽しんで下さいね。

さて、今回、贅沢にも2カップルを描いてくださった花小蒔先生。

実は、口絵用のイラストがあまりにかわいくて、「こちらを表紙に！」と編集部と意見が一致。それにあわせてタイトルも「キャンディ」から「キャンディミルク」に変更されたという経緯があります。

しかし今回口絵になった上杉弟&匠のエロティックさも捨てがたく、両方表紙にできたら…！　と、いまも見るたびに悶絶してしまいます。先生、素敵なイラストを本当にありがとうございました。

最後になりましたが、この本の出版にご尽力いただいたルチル編集部藤本様、そして制作に携わってくださったすべての方々に、心から御礼申し上げます。

お手にとって下さったすべての皆様に楽しんで頂けることを祈って。

それでは、またどこかで。

二〇一六年　春宵　ひちわゆか

✦初出　キャンディ……………………小説b-Boy（2002年2月号）
Sweet Pain…………………BBN「キャンディ」（2003年10月）
MILK…………………………小説b-Boy（2002年10月号）
※単行本収録にあたり加筆修正
彼の犬、彼の仔猫……………BBN「キャンディ」（2003年10月）
キャンディミルク……………書き下ろし

ひちわゆか先生、花小蒔朔衣先生へのお便り、本作品に関するご意見、ご感想などは
〒151-0051 東京都渋谷区千駄ヶ谷 4-9-7
幻冬舎コミックス　ルチル文庫「キャンディミルク」係まで。

幻冬舎ルチル文庫
キャンディミルク

2016年4月20日　第1刷発行

✦著者　ひちわゆか

✦発行人　石原正康

✦発行元　株式会社 幻冬舎コミックス
〒151-0051 東京都渋谷区千駄ヶ谷 4-9-7
電話 03(5411)6431［編集］

✦発売元　株式会社 幻冬舎
〒151-0051 東京都渋谷区千駄ヶ谷 4-9-7
電話 03(5411)6222［営業］
振替 00120-8-767643

✦印刷・製本所　中央精版印刷株式会社

✦検印廃止

ISBN978-4-344-83705-8　C0193　Printed in Japan